後宮の花は偽りをまとう

天城智尋

JN259389

双葉文庫

目次

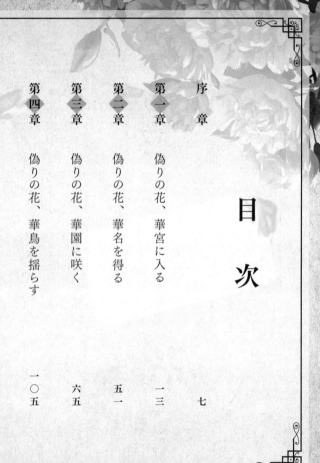

人物紹介
陶蓮珠「とうれんじゅ」
『遠慮が無い・色気が無い・可愛げが無い』で知られる女官吏。
郭翔央「かくしょうおう」
政治がわからない無能故に武官になったと噂される新皇帝の弟。

李洸
「りこう」
翔央の側近。将来は宰相確定と
言われる政治のスペシャリスト。
郭叡明
「かくえいめい」
本物の威妃と共に姿をくらませ
た新皇帝。翔央の双子の兄。
呉淑香
「ご・しゅくか」
叡明の後宮にいる四妃の
うちの一人。
余麗彩
「よ・れいさい」
翔央の次兄である英芳の
正妃。

序章

月もない、夏の夜だった。暗闇の中に酒気が色濃く立ちのぼり、まだ十二歳の蓮珠《れんじゅ》の鼻孔をきつく刺激した。

「火を放て」

どこからか声がした。男の声だ。木立の中に身を潜めていた蓮珠は、木々の隙間から、そっと声のしたほうを覗き見た。やがて炎が夏の夜を焦がし、馬上の男の姿をたなびく煙の中に浮かび上がらせる。

男の視線の先には、燃えさかる邑《むら》がある。蓮珠が生まれ育った山間の小さな邑だ。大陸の西、相国《そうこく》と威国《いこく》を分ける小亀山《しょうきさん》、その相国側の麓《ふもと》。良い水に恵まれた酒を造ることで知られていたが、それしか産業のない邑だった。父が母が、いや祖母や祖父が、もっと先祖からずっと大事にしてきたすべてが焼かれていた。

蓮珠は腕の中の妹をきつく抱きしめ、けっしてその光景を見せまいとした。一方で、自身の目には焼き付けようと、大きな瞳をいっそう大きく見開いた。

忘れない。忘れるものか。ただそれだけを胸の中で繰り返した。

「将軍、生き残りを掃討させますか?」

馬上の男が、問いかけた者を振り返る。一瞬、蓮珠は男と目が合った気がした。見つかった。妹だけでも逃がさなければ、そう思うも指先は震える。だが、男は口を歪ませて笑った。

「捨て置け。どの道、生きられまいよ」

男はそれだけ言うと、馬の腹を軽く蹴った。他の者たちもそれに従い、燃えさかる邑に背を向け、暗闇の中へと消えていく。

そうか、わたしは捨てられたのだ。蓮珠の頬を涙が濡らした。

天帝様《かみさま》は、この白渓《はくけい》を、わたしの家族を、……わたしを捨てた。

邑の中心にある廟《びょう》が燃えているのが遠目に見えた。邑の誰もが日々祈りを捧げてきた廟だった。

煙が徐々に蓮珠の隠れている木立にも入ってくる。蓮珠は妹を抱えたまま這うようにして木立を出た。なんとか火から逃れようとするが、山道の半ばで膝をついた。妹を抱きしめる力も、徐々に弱まっていく。

炎の音が先ほどより近い。もう、目を開けていることもできなかった。

蓮珠は、眠ったままの幼い妹の小さな小さな手を握り、助けられないことを謝った。父が、母が、兄が、命がけで逃がしてくれたのに。

「ごめんね……翠玉《すいぎょく》……」

視界は煙で色を失い、呟く自分の声も遠い。邑を焼き尽くす炎の音さえも、だんだんと聞こえなくなっていく。なのに、蓮珠の耳には、どこからか近づく馬車の音がはっきりと聞こえてきた。

「誰かいる、停めろ！」

「危険です、一刻も早くここを抜けねば」

声が近づいてくる。先ほどの男たちが戻ってきたのだろうか。見つかれば今度こそ殺されてしまう。そう思っても、もう蓮珠は動くことができなかった。

「子どもが倒れている。連れて行くぞ。馬車に乗せるんだ」

少年の澄んだ声が、そう誰かに命じている。

「そんな！　これ以上、人を乗せる場所はありません！」

「荷物なんて捨ててしまえ。わたしはこれ以上、わたしの民を失うわけにはいかない！」

蓮珠の薄れゆく意識を、その力強い声が引き戻す。

身体がふわりと宙に浮く。なにかが蓮珠を包み込み、炎の音が遠くなる。

「よくぞ、生きていてくれた。ともに都へ行こう」

迫り来る火の粉さえも吹き飛ばすように凜《りん》と響く声。

安堵が身体中を駆け巡り、痛みに染みこんで癒していく。

自分を抱く優しい腕の感触に、蓮珠は拾われたのだと直感した。

捨てられた自分を、誰かが拾ってくれた。
遠くなる意識の中、蓮珠は思った。
この人が、わたしの天帝様《かみさま》だ。

第一章　偽りの花、華宮に入る

大陸西部、相国の都、栄秋《えいしゅう》。

国土のほとんどを高地・山岳地帯が占める相国において、虎児川《こじせん》の河口付近に造られたこの都は、珍しくも平地にある。だが、国の都としては手狭な土地で、街の入り組んだ大《おお》路小路《じこうじ》に飲食店、酒楼などの店がひしめいていた。街の北側にある宮城もやはり充分な土地を確保できておらず、立ち並ぶ官庁は木枠に無理矢理収められた大小の箱のようだった。

「他国の宮城と比べての利点は、官吏が徒歩で関係各所を回れてしまうことぐらいね」

陶《とう》蓮珠は、山のような書類を両手に抱えて廊下を歩いていた。視界の半分を書類が遮《さえぎ》っていて足下が見えない。

それでも自分より上の等級の官吏が廊下の向こうから来るのが見えれば、足を止め、廊下の端に移動し、過ぎるのを待たねばならない。蓮珠は九段階に分かれている等級の八番目。したがって、上の等級のほうが多く、先ほどから足を止めてばかりだった。

「せめて近づいてからでなければ等級がわからないような官服だったら良かったのに」

相国の規定では、文官は宮城内で男女とも同じ形の官服を着用することになっている。ただし、袍《ほう》の色の違いで官吏の等級が一目でわかるようになっていた。上級官吏は紫を、中級官吏は赤を、下級官吏は緑を着ると決まっている。袍は袖と丈の長い上着で、全体に占める割合が多いので、見えませんでしたという言い訳は通じない。

結果、足を進めるよりも止める時間のほうが長くなり、固まっている六部庁舎《りくぶちょうしゃ》の三つ隣の建物に行くだけだというのに、ずいぶんと時間がかかってしまった。

「どーも、礼部《れいぶ》の者です。今度の式典の警備依頼、置いておきますね」

書類を抱えているのを幸いに、拱手《きょうしゅ》なしの挨拶だけで、兵部《へいぶ》の部屋に入る。しかし、誰の返事もない。書類の山の横から見れば、部屋の中央に人だかりができていた。官服の文官と鎧姿の武官、半々という感じだ。関心事の異なる彼らが揃って見物とは珍しい。そのことが、蓮珠の興味を引いた。

「ちょっと、なにかあったの？」

近くにいた、自分と同じ緑の官服の若い官吏に声を掛けてみる。

「なんか、酒楼でもめていた威国のやつを、武官が捕まえてきたらしいですよ」

言われて耳を傾ければ、人だかりの中央で、男が二人、何やら言い争っているようだ。もっとも、一人はこの国の言葉で、相手は隣国である威の言葉で怒鳴り合っているだけで、発言の内容は噛み合っていない。

とくに両方の言葉がわかる蓮珠からすれば、まったく会話になっていないのが手に取るようにわかった。なにせ、『お前は、さっきからなにを言ってんだ？』と、お互いの言いたいことを問い質《ただ》しているに過ぎないのだから。

　室内を見渡せば、書類を渡さなければいけない相手も席を立っているようだ。おそらく、喧嘩の見物でもしているのだろう。つまり、このままでは、書類を担当者に渡してくるという蓮珠の仕事も終わらない。しかも、放っておけば終わるような話でもなさそうだ。

「しかたない……」

　蓮珠は、周囲の文官や武官を押しのけ、小柄な身体で人だかりの中央へと進み出る。そして、二人の声と周囲の雑音に負けないくらいの大きな声で制止をかけた。

「どっちもいったん黙りましょうか！」

　大の大人相手だというのに、つい、泣きわめく子どもの喧嘩を収めるような口調になってしまった。当の二人はぴたっと静止したが、代わって周囲の雑音が大きくなった。

「おい、あれは陶蓮珠じゃないか？」

　誰かが言った。相国では、女官吏の数は多くはない。そのため、なにをするにも目立ってしまい、どこそこの部署の誰それだ……と言われるものだ。だが、蓮珠の場合、いい意味で目立つことはほとんどない。

「ああ、戸部《こぶ》の……」

「いや、御史台《ぎょしだい》の煩《うるさ》い女官吏だろ？」

「今は、工部《こうぶ》じゃなかったか？」

今の蓮珠は礼部の官吏だ。宮中儀礼を滞りなく行なうため、過去の記録を調べてまとめるのが仕事である。だが、他の者が口にした部署にも、かつていたことがある。

「それがなんで兵部にいる？　また上司に逆らって、部署異動にでもなったか？」

「どこの部署だろうと、遠慮のない女には変わらない。こんなことにまで首を突っ込むなんてな」

誰かが言い、同意するように笑い声が上がる。

好き勝手を言ってくれる。蓮珠はムッとしたが、あえて声のするほうを見ないようにした。

『なにを笑ってやがるんだ……』

威国人の男が不機嫌そうに眉を寄せた。自分のことを笑われていると誤解しているようだ。蓮珠は小さく息を吸って、気持ちを落ち着けてから、威国人の男に言った。

『あなたのことでなく、わたしのことで笑っているんですよ』

蓮珠は男に威国語で話しかけた。

『あんた、威国語がわかんのか？』

男が驚くのも無理はない。国交があるにもかかわらず、相国の官庁でさえ威国語を解する者がほとんどいない。

『ええ、日常会話程度なら。では、通訳しますから、事情を教えていただけます？』

威国の男が勢いよく話し出した。男と言い合いになっていた武官が、蓮珠を無遠慮な視線で見ている。出しゃばりな女だと思っているのだろう。こうしてまた、蓮珠の顔と名前が覚えられていく。それも良くない印象を伴って。

「陶……蓮珠？　ちょっと話をしたいんだが、かまわないだろうか？」

事が収まり、当初の目的どおり担当者に書類を渡した蓮珠が礼部に戻ろうとしたところで、そう声を掛けられた。

これは出しゃばったことを兵部の上官あたりに叱られるのかと、相手に振り向くと同時に拱手して、勢いよく頭を下げる。

「大変お騒がせいたしました！」

「なにを謝ることがある？　むしろ、あの騒ぎを静めたじゃないか」

明るく力強い声が蓮珠を肯定する。

「……え？」

叱責覚悟でキツく閉じていた目を開け、蓮珠は顔を上げた。出しゃばった自覚はある。もしや、皮肉かと思ったが、見上げた相手の笑顔に裏はなさそうだった。

「皇城のほうまで威国語のできる者を呼びに行かせずに済んだ。感謝しているぞ」

長身に鎧姿の男性だった。何度も訪れている兵部ではあるが、初めて見る顔だ。凛々しい顔立ち、涼しげな切れ長の双眸に形の良い眉。どこをとっても忘れがたい容貌の持ち主である。兵部どころか、宮城内で見掛けたことさえないのではないだろうか。

宮城内で兜を被っているところを見ると、禁軍の中でも殿前司《でんぜんし》（近衛軍）所属の武官のようである。そうであれば、普段は皇城内にいる人のはずだ。自分が見たことないのも当然のように思えた。

しかも、この男、その手に剣ではなく、穂先のない槍のような長い棒を持っていた。たしか、市井の用心棒とかが使う棍杖《こんじょう》と呼ばれるものだったろうか。格好を見るに、帯刀を許されている武官であるはずなのに、なぜそんなものを持っているのだろうか。

蓮珠が首を大きく傾げたところで、男と目が合った。蓮珠は慌てて姿勢を戻した。

「そ、それで、……わたしに話というのは？」

初対面の相手を覚えようと、つい観察するような目でじろじろ見てしまうのは、蓮珠の悪癖だった。おまけに、彼はただの武官とは持っている武器も雰囲気も違い、どうにも興味を引かれてしまう。それを誤魔化すように、問う声は警戒心を含んだ硬いものになってしまった。

正直なところ、蓮珠は武官という存在が苦手だ。戦争孤児から必死で勉強して科挙《かきょ》に受かり、中央官庁に勤めること約十年、蓮珠が知っている武官は誰も彼も好戦的で荒っぽく、なにかと力で解決しようとする理解しがたい人種だからだ。

武官と言えばたいがいは強面で、見た目まで怖い。文官なら誰しも正面から向き合いたくない相手だった。そもそも相国で武官になる者というのは、科挙を落ちて文官になり損ねた者か、ちょっとばかり力には自信がある無頼漢や、ならず者くずれの類いだ。だが、目の前の男性は、そのどれにも当てはまりそうにない。

「威国語ができるようだが？」

蓮珠の警戒心を悟ってか、男は口元に笑みを浮かべて聞いてきた。蓮珠はこれに「はあ、生まれが威国に近い場所だったので……」と曖昧に返した。

「そうか、どこかで学んだというわけではないんだな」

いい声をしている。低く響く声だが、発音が明瞭で聞き取りやすい。一人頷く彼の薄く整った唇に、蓮珠は視線を吸い寄せられていた。

皇帝に将軍に大僧正。上に立つ者は、声が良いほどいい。そうした地位にある者にとって、人が耳を傾けたくなる声を持っていることは、強力な武器になるからだ。この武官も朗々とした声の持ち主で、彼の言葉に耳を傾けていたくなる。

だが、この美声の武官が、大軍を率いて大音声を響かせることはない。もったいないことだ。蓮珠は胸中でそんなことを呟いていた。

文治主義を掲げるこの相国では、武官の地位は全体的に低い。都の武官はすべて禁軍に所属しているが、この皇帝直属の精鋭であるはずの禁軍の武官でさえ、軍政を取り扱う文官の下に置かれる。政治的権力を持った軍部が国家転覆を企てる危険性を避けるため、建国以来ずっと、軍の高官も中央の文官が配されることになっているからだ。

「俺は威国語のできる未婚女性を探していたんだ。ぜひとも、おまえを嫁に欲しい」

彼の美声に聞き入っていた蓮珠は、その言葉を理解すると同時に声を上げた。

「…………はあ？　な、なんの冗談ですか？」

「冗談を言っている暇はない。大まじめだ」

「いや、何言ってるんですか？　初対面ですよね？　それでいきなり……」

「初対面だとダメなのか？　じゃあ、一刻ほどしてから、もう一度」

「いやいや、そういう話じゃなくてですね！」

男の言葉に待ったをかけるつもりで出した手が、いきなり強く握られる。

「そうか受けてくれるか。それは、ありがたい！」

武官は、額が触れそうなほど蓮珠に顔を近づけて言った。

「え？　こ、これは、握手じゃなくて……」

慌てる蓮珠が誤解を解こうとするも、武官は矢継ぎ早に言葉をたたみかけてくる。

「お前が心配することはない。準備はすべてこちらで整える。それが済み次第、迎えをやるからな」

蓮珠は、わずかな拒否の言葉も挟むことができないまま、口をパクパクさせるばかりだ。しかも、この状況を遠巻きに眺めていた兵部の官吏や武官たちが、なにか囁き合っている。

これでは完全に見世物扱いではないか。蓮珠は気恥ずかしさと腹立たしさで、武官の手を思い切り振り払った。

悪ふざけが好きな武官たちが、いきなり求婚されたら蓮珠がどう反応するかで、賭けでもしているのかもしれない。なにせ、『行き遅れ』を通り越し、『行きそびれ』と陰口を言われているくらいだ。

他人の娯楽のネタになどなってやるものか。蓮珠は武官に背を向けた。

「あー、はいはい。お好きになさってください。わたしは、自分の仕事がありますので、これにて失礼させていただきます！」

ざわめく周囲をひと睨みして黙らせてから、蓮珠は兵部を後にした。

官吏の朝はとても早い。夜明けとともに起床し、身支度を整えて宮城へ出仕しなければならない。

「寝坊したせいで、朝粥を食べ損ねた……」

蓮珠は、眠い目をこすりつつ、徒歩で宮城まで通っている。

国が用意してくれる官吏の邸宅は、官位によってさらに細かく住む家が決まっている。蓮珠のような下級官吏は、官吏居住区の端っこにしか家はもらえない。当然、通勤にかかる時間も長くなる。朝に弱い蓮珠としては、この距離が地味につらいところだ。

さらには、毎朝起こしてくれていた妹が最近は忙しいようで、蓮珠より早く家を出てしまうため、自力で起きなければならないのもつらさに拍車をかけている。

「まあ、贅沢は言えないわ。妹と二人暮らせる場所をいただけたんですもの」

毎朝のように同じ言葉を呟き、自身を鼓舞してから庁舎へと入る。

宮城は皇帝の住居である皇城の南側に置かれた官庁を含む、多数の建物群で構成されている。蓮珠の勤める礼部は、宮城と外を結ぶ門に比較的近い場所にある分、皇城からは遠い。その皇城の門を入ってすぐの広場が、朝廷の場である。元々が、かつて大陸の大部分を支配した大帝国の州城でしかなかった白奉城《はくほう》は、一国の都城というには狭い。そのため、百官が集まり、この広場で皇帝に拝謁を賜るわけにいかない。各部署の長官だけが広場にて、皇帝の召見を待って上奏することを許されている。だが、この上奏文を作成するのは、長官たち本人でなく部署の中下級官吏である。だから、広場に行かなくても、蓮珠や同僚たちの朝は早い。長官に持たせる上奏文を作成することから、蓮珠の一日が始まる。

しかし、この日の朝は違っていた。

「陶蓮珠、いったいなにをやらかした？」

すっとんで来たのは、蓮珠の直接の上司のさらに上の礼部次官だった。遅刻したわけでもないのに、なぜいきなり怒鳴られているのだろう。疑問はあれど、蓮珠は姿勢を正した。

「いったい、なにごとですか？」

拱手して、顔を上げた蓮珠に許《きょ》次官が声を荒げる。

「皇族の方に非礼を働いたそうじゃないか！」

「皇族の方に？　わたしがですか？　いや、待ってください！　許次官もご存じのとおり、わたしは一介の下級役人で、皇城に入れるような身分ではないです。非礼もなにも、お目にかかったことさえありません」

きっぱり言うも、許次官は事のついでとばかりに過去のことを蒸し返す。

「だいたいお前というやつは、相手が誰であろうとずけずけと物を言うじゃないか。今回も雲の上の方々相手になにか言ったんだろう！　私が何度、その尻ぬぐいをしてやっていると思っているんだ！」

許次官の腰巾着である蓮珠の同僚がこれに乗っかる。

「この間だって、他部署の予算配分に口を出すなんてことがありましたからね。いやあ、この女は、どこで誰を相手になにをしているやらわかりませんよ」

この同僚、なにも正義感から言っているわけではない。以前、新人の女官吏に先輩面して手を出そうとしていたので、蓮珠が阻止した。それ以来、目の敵にされている。

それに予算配分の件は、所属経験のある部署の予算増があまりに不自然だったから声を上げただけだ。それによって、部署ぐるみの不正が発覚したのだから責められる筋合いの話ではないはずだ。

だが、自分に同意してくれる部下が大好きな許次官は、この同僚の言葉に大袈裟に頷いて、机を叩く。

「そうだ、お前は無礼が過ぎる。だから私は、お前をこの部署に受け入れるのに反対だったんだ！」

元の話はどこにいったのだろうか。蓮珠がやや冷めた気分で許の説教という名の文句を聞き流していると、まったく別方向から許を制止する声が入ってきた。

「もう、よろしいですかね、許次官。殿下がお待ちです」

許次官が慌てて姿勢を正し、跪礼《きれい》した。蓮珠も次官に倣い、礼をとるため跪く。

「こ、これは申し訳ございません、李丞相《りじょうしょう》」

ひれ伏す次官の言葉に、蓮珠は思わず顔を上げて相手を見た。

最上級の紫の官服を着た若い男が立っていた。歳は自分とたいして変わらない三十路手前というところだろうか。色白で細面という、典型的な文官顔ではある。

ただ彼は、他を圧倒する造形美の持ち主だった。その整いすぎた顔立ちと少し目尻が上がった細い目に宿る鋭い光が、感情を悟らせない。その糸目のせいで、蓮珠に向けられた表情は一応笑顔に見えるのだが、無理に笑顔を貼り付けているようにも見える。

「李丞相……」

蓮珠は呟き、記憶をたぐりよせた。

この国において丞相は皇帝の補佐官であり、百官の最上位にある。蓮珠の記憶にあるところでは、現在相国に丞相は三人居て、そのうち李姓を持つのは李洸《りこう》。相国史上最年少で科挙の最終試験である殿試《でんし》まで進み、最優秀の評価を得て一気に上級官吏になった男だ。

目が合い、慌てて再び跪礼した蓮珠に李洸が問いかけた。

「貴女が陶蓮珠ですね？」

「はい。そうですが……」

用件を問おうとする言葉を遮って、李洸は蓮珠に立つよう促した。

「では、行きましょう。先ほども申しましたように、殿下がお待ちです。忙しい方ですから、早足でお願いしますよ」

言うだけ言うと、さっさと歩き出してしまう。

いったいどこへ。蓮珠の疑問は徐々に嫌な予感を伴い始める。李洸は、皇城に繋がる門の一つをまっすぐに目指しているようだ。

「……あの、李丞相、わたしは皇城に上がれる身分にございません」

「李洸で構いませんよ。……私がどこへ向かっているか解っているんですね」

「わたし、数年前は工部におりまして、その時期に宮城内改築があったので、城の造りは多少頭に入っています」

「多少ね。……その記憶力がありながら、殿下にお目にかかったのを覚えていないとは」

「失礼ながら人違いではないでしょうか？　まったく身に覚えがございません」

「そうであったとしても、調べる限り貴女は条件が整っている。殿下だけでなく、私としても、今さら逃がすつもりはないですよ」

逃がすつもりはない、とは何のことだろうか。蓮珠は捕われた獣のような心地で、生まれて初めて皇城の門の中へと足を踏み入れた。

通されたのは、皇城の南端。皇族が外部の客人と会うための客殿の一つだった。

李洸はすでに相手が待っているような口ぶりだったが、さすがに殿下と呼ばれるほどの人物が客殿で下級官吏を待つようなことはなく、蓮珠が到着したことを知らせるため、待機していた男が部屋を出て行った。男は相国の宦官《かんがん》標準服である藍染めの丸襟長袍を着ていた。どうやら、殿下の身の回りの世話をする宦官のようだ。

自分の周りでは普段見ることのない宦官がいるということが、蓮珠に皇城内であることを意識させる。

「……陶蓮珠。白渓出身。十五年前の国境争いで家を失い、妹と二人で都の福田院《ふくでんいん》（養護施設）に引き取られ、育つ。童試《どうし》に一度で合格、翌年に行われた州試《しゅうし》も一度で合格、その後の省試《しょうし》も合格しているが、殿試には進んでいないようですね」

後ろに控えていた蓮珠を振り返り、李洸が言った。表情は変わらず微笑んでいるようだが、その目は品定めをするような鋭い光を宿している。

蓮珠はこの上級官吏を前に拝礼の形を取ってから応じた。この場で拝礼しなければならないわけではないが、こうすることで視線を真正面から浴びずに済む。

「上長の推挙を得られないので。……殿試は、省試合格後、上長から推薦状をいただかなければ受けることができませんから」

同じ上長の下で三年、官吏としての資質を見定められた上で、殿試への推薦を受けることができる。それが、この国の決まりだ。

「……わたしを始め、女官吏のほとんどは二年ごとぐらいで別の部署に異動になってしまいます。なので、殿試への推挙は実質出ません」

「なるほど。……それで、女官吏は五年程度での離職率が高いのですね。覚えておきます」

李洸は納得したように何度か頷いた。

この優秀な人でも知らないことがあるのだ。蓮珠は妙に感心した。おそらく、李洸ほど優秀だと最初から女官吏が居ないような上級職からの始まりで、近くに辞めざるを得なくなる女官吏を見ることもなかったのだろう。

「ところで……李洸様のおっしゃる殿下とは、どなたのことでしょうか？」

「今上帝の弟君で、白鷺宮《はくろ》の翔央《しょうおう》様のことですよ」

白鷺宮。たしか、今上帝の双子の弟だったか。あまり人の話に出てくる人物ではないため、蓮珠もうろ覚えだった。

「ようやく来たか。待ちくたびれたぞ。顔を上げろ」

部屋に入ってきたその美声に、蓮珠は聞き覚えがあった。言われるままに顔を上げた蓮珠は思わず声を上げる。

「……まさか、兵部にいた武官？　え？　なんで、あんなところに皇族の方が？」

相手は蓮珠の反応に破顔する。

「俺は武官として禁軍に籍を持っている。兵部に顔を出していても不思議はない」

「そういう話ですか？　だって、庁舎のあたりまでは官吏じゃない市井の者も入ってこれるんですよ？　主上の双子の弟君が堂々と顔を出して歩いているとか、危ないじゃないですか！」

混乱した想いをそのまま疑問としてぶつければ、翔央は面白そうに蓮珠の顔をじーっと見つめ返してくる。

「そうでもない。……陶蓮珠、お前は今上帝の尊顔を拝したことがあるか？」

「いえ、わたしは見てのとおり、下級官吏です。拝謁など……」

「そういうことだ。あのあたりで働く者で、今上帝の尊顔を間近に拝した者なんていない。同じ顔が歩いていても、誰も気づかない。まあ、他にも一つ二つ仕掛けがあるにはあるんだが、とにかく皇帝だとかその弟だとかで騒ぎになったことはない」

あまりにも大胆だ。それでなにかあったら、どうするつもりだろうか。

「俺の話は一つだ。先日の件を進めたい」

そう言われて蓮珠は、あの日、彼から結婚を申し込まれたことを思い出した。まさか、本気で自分を嫁にするというのだろうか……。

「なにを驚いている？　俺はあの時、準備ができ次第迎えに行くと言っただろう？」

あれはタチの悪い冗談ではなかったのか。返す言葉もなく、ただ口がパクパクと動くだけだ。蓮珠は助けを求めるように、李洸のほうを見た。

「翔央様がすでに説明されたと思っていたのですが、どうやらなにも聞いていないようですね」

李洸がそう言って、ため息をついた。これに対し、翔央は心外だと眉を寄せて反論する。

「ことがことだ。あんな人の多い場所では、最低限しか説明できないだろうが。俺はちゃんと、威国語の話せる未婚女性を探してて、条件に合うから嫁になってくれと頼んだ」

「最低限の線引きが低すぎますよ。それでは、なにも説明していないのと同じことです」

呆れた声の李洸に、蓮珠もコクコクと頷き、同意した。

「そうか。それは悪かった。経緯を話そう。長くなるから椅子に座るといい」

「しかし、皇族の方と同じ高さにいるなんて……」

「気にするな。俺の妃《きさき》になるのだから、お前も皇族だ」

ダメだ、完全に決定事項になっている。蓮珠は床に突っ伏したくなった。

色々思うところはあれど、とりあえず椅子に座った蓮珠に、先ほどの宦官がお茶を出してくれた。翔央は猫舌なのか、茶をちびちびと飲んでからようやく話し始める。

「今では先帝となった父が、長年敵対してきた威国に対する方針を変更し、友好関係を築くことにしたのは五年前のことだ。すでにお前も官吏だったわけだから、そのあたりのことはわかるな？」

「はい。その友好の証として、一昨年我が国の公主が威へと嫁がれました。近々、威の公主が今上帝の後宮にお入りになることも決まっております」

その威国公主を迎えるための儀礼の準備が、最近の蓮珠の主な仕事だった。過去、相国に嫁いできた他国公主の記録を集め、どんな儀礼を行なったかを調べてまとめていた。だから、このあたりの事情は、正確に覚えているつもりだった。しかし、翔央はあっさりと否定した。

「いや、そこは順番が逆だな。威の公主が俺の片割れに嫁ぐことになったから、あいつが皇帝になったんだ」

兄弟でも上下の礼節は重んじるものだが、双子となると少々事情が違うようだ。兄であり、皇帝でもある人に、彼はずいぶんと荒っぽい言葉を使う。

「えっと……それはどういう？」

翔央は自分の茶器に注がれた茶を飲み干してから、蓮珠の疑問に応じてくれた。

「姉上が威に嫁がれてしばらく経ったある日、兄弟全員が父に呼ばれた。そこで言われたのが、『威国公主を妃に迎えた者を次の皇帝として指名する』というものだった」

「つまり、皇帝になりたいなら威国公主を嫁にもらえと？」

「そういうことだな。……俺自身はそもそも帝位に興味がない。だから、特に名乗り出なかったし、すでに第二皇子である英芳《えいほう》兄上が立太子間近と聞いていたので、英芳兄上が威国公主を娶《めと》って終わる話と思っていた。ところが、ここで俺の片割れ——第三皇子である叡明《えいめい》が名乗り出た」

翔央は新たに茶が注がれた器を見下ろし、眉を寄せた。

「叡明は姉上が嫁がれる際に付き添いで威国に行ったんだが、その時に公主にお会いしていて、相に戻ってからも手紙のやりとりを続けていたそうだ」

運命の出逢いを聞かされたようで、蓮珠の心が少しばかり弾む。

「おお！　ということは、先帝のお話の前からお二人はすでに恋仲でいらしたと？」

「そうなるな」

「街角の講釈師の話より素敵ですね。それで第三皇子だった叡明様が帝位に就かれたんですね」

はっきり言って、国民のほとんどは今上帝がどうして帝位に就いたかなど知らない。そもそも官吏でも最上級の者しか近づけないような皇城内での話が、皇城の外に出てくること自体が稀だ。最上級官吏ともなれば政治的判断による守秘義務の徹底はもちろんのことだが、自分たちだけが知っているということに一種『選ばれた者の特権』を感じている部分もあって、秘密主義に近い口の硬さだ。中下級官吏たちは、国家行事で遠目に皇族の姿を見たというだけで大騒ぎするほど、皇城内の実情を知らない。

そのため、蓮珠は工部に異動して宮城内改築という話になって初めて、当時帝位にあった先帝に五人の皇子と一人の公主がいることを知ったぐらいだ。また、その宮城内改築の宮の配置や上司の話から皇子たちそれぞれの立場をなんとなく把握してはいた。

だから、母妃の身分も高い第二皇子である英芳が近く立太子し、次期皇帝になるだろうという噂話も、あながち間違いではないと思っていた。ところが、譲位に伴う祝賀行事の準備を命じられた蓮珠やその同僚たちが知らされたのは、第三皇子、叡明の即位だった。

当時の上司はせっせと英芳派に取り入っていたので、がっくりと肩を落としていた。蓮珠はといえば、武闘派と噂の英芳が皇帝になれば威国との和平交渉が覆るかもしれないと思っていただけに、上司からは見えないところで胸を撫で下ろしたのだった。

「父帝には帝位を退くような失策も健康上の問題もなかった。なのに、立太子も経ず、いきなりの条件付き譲位だ。当然、自分が帝位に就くと思っていた英芳兄上は不服を訴えた。しかも、訴えただけでなく、あの手この手で叡明と威国公主の仲を引き裂こうとした」

「……諦め悪いですね」

「ことが帝位では、致し方ない。叡明は歴史学者で普段から文献を読みあさって部屋から出てこないような気質だったんだが、今回ばかりは身の危険を覚えたのか、秘密裏に宮城を抜け出し、自ら公主の元へ向かったようなんだ。……『後は任せた』と手紙一枚俺によこしてな」

　翔央が見せてくれた紙には、なにか記号のような、あるいは筆の試し書きをしたような、波打つ線が書かれているだけだった。蓮珠はじーっと見てから首を捻り、少し頭を引いて眺めてから目を軽くこすった。

「……大変申し訳ないですが、どの辺にその内容が書かれているのでしょう？」

「気にするな、正しい反応だ。叡明の悪筆は、俺と母上と、李洸ぐらいしか解読できないからな」

「えっと、つまり、今上帝は駆け落ちされたと？　……ますます、物語のようですね」

「そう気楽に言うな。見方を変えれば、隣国の公主を拉致して行方をくらませたことになる。洒落にならない。下手をすれば、再び戦争だ」

　戦争という言葉に蓮珠の肩がビクッと震えた。指先も小さく震える。それを止めるように、蓮珠は袍の裾を強く握りしめた。

　押し黙る蓮珠に、翔央がさらに声の調子を落としてから言う。

「人員を割いて叡明と威国公主の行方を探させてはいる。だが、探していること自体、威国側に知られるわけにいかない。ついでに言えば、叡明を蹴落としたいだろう英芳兄上にも悟られたくない」

　とにかく、国内外に対して『皇帝である叡明は、無事に威国公主を妃に迎え、相国宮城にて、恙《つつが》なく過ごしている』状態にしなければならないということだ。

「相国最高の頭脳に一昼夜悩んでもらったところ、叡明と威国公主の身代わりを立てるのが、一番話が早いということになった」

　翔央は軽く視線で李洸を示す。李洸はこれを否定することなく応じた。

「まあ、主上は居所である金烏宮《きんうぐう》からほとんど出ていらっしゃらない方でしたから、私を含め側近数名で執務の手分けをすれば、しばらくは不在を隠せるでしょう。悪筆故に、署名はご自身でなされませんでしたから、代筆の者に決裁書類を通させます」

「というわけで、皇帝としての中身は李洸たちに任せることができる。見た目だけなら、これでも双子だ、俺が叡明のフリをすれば済む」

たしかに、引き籠もり学者と鍛えた身体の武官という差はあっても、皇帝の平服の形は一般的な袍と変わらずゆったりした形だから、触られでもしない限りわからないだろう。

「……あの、なにか嫌な予感がしてきたのですが……？」

「察しが良くて助かる。……陶蓮珠、お前には俺の妻になり、威国公主の身代わりをしてもらう」

無茶な！　蓮珠は今度こそ突っ伏した。

「たしかに条件は厳しい。威国語ができる若い女性であることは最低条件だが、まず、これが難しい。威国語ができる者の数自体が少なすぎるからな。次に教養も必要だ。栄秋の街に出て勾欄《こうらん》の役者を雇って威国語を教えれば済むというわけにもいかない。ましてや、政治の中枢が絡む国家の重大事だ。人間としても、信頼できる者でなければならない」

「その条件に合うのが、わたしだと？」

そろりと顔を上げて問うと、翔央が頷く。

「そういうことだ。威国語ができて、科挙に合格する教養を持ち、中央官庁に働くこと十年と信頼に値する経歴の若い女性だ」

「……若いと言うほど、若くないですけど」

「未婚であれば、充分だ。夫が居ては、今回のような件ではややこしいことになる。仮にも、妃として後宮に入ってもらうのだからな。あとは万が一にもバレたときのためだ」

厳しい表情になる翔央の言葉を継いだのは、李洸だった。

「本来皇城に入ることを許されていないただの下級官吏が後宮に居たとなれば、皇城司《こうじょうし》はその場で処分することも可能です」

その場で処分と言われて、蓮珠の肩が大きく震えた。

「そうならないためにも、翔央様は自分の妃にすることで、少なくとも皇城侵入の罪は問われないようにしようというお考えなのです」

つまりは、皇城侵入以外の罪は問われるということだ。危険すぎる。蓮珠は慌てた。

「待ってください！　なにも公主だ妃だって華やかな存在と対極にある、わたしのような官吏じゃなくても、もっとそれらしく見えて、妃としての教養もお持ちの方々が、後宮にはいくらでも居るんじゃありませんか？」

「後宮の方々はどなたも後ろに実家がくっついていて、貸しを作ると後が面倒なんです。その点でも、口うるさい後ろ盾がいない貴女は理想的です」

失礼な物言いではあるが、まったくもって李洸の言うとおりだ。徐々に逃げ道をふさがれていく感覚に、蓮珠は息苦しくなってきた。

「あの、でも……わたしにも仕事というものがありまして、それを放り出すわけにはいきませんし……」

「ああ、仕事の件でしたらご心配なく。皇族に無礼を働いたことになっていますので、無期限の謹慎処分とさせていただきました。こちらの件が片付くまで、職場に行かなくても問題ございません。その旨、貴女の上司である許次官にお伝えいたしましたところ、同僚の方々を含め納得されて、『いつかなにかやると思った』と口にされていましたよ」

そんな納得しないでほしい。

蓮珠は、たとえ上司であっても間違っていればそれを指摘するのが当然と思っているのだが、周りには『遠慮が無い・色気が無い・可愛げが無いの三無い女官吏』と言われている。各部署で経験を積んできたこともあって、どんな仕事もそれなりにこなせる蓮珠の存在を、同僚の男性陣は煙たがっていた。

無期限の謹慎処分と聞いて、彼らは内心喜んでいたのではないだろうか。思わず、ため息が出た。

「……これでまた、出世が遠のいたぁ」

肩を落とした蓮珠に、翔央が反応する。

「なんだ。官位を上がりたいのか？」

首を傾げた翔央に、李洸が何事か耳打ちする。

「なるほど、そういうことか。では、叡明たち本人が戻ってきて、無事に俺たちが離婚となったら、報酬として、俺が中央上級職への推挙を与えよう。次回の殿試を必ず受けられるように取りはからうぞ。どうだ？」

官吏採用から五年を過ぎた頃から、同期の女官吏たちは先のない状況に絶望し、次々と辞めていった。同期で残っている女官吏は一人も居ない。逆に同期の男官吏は、皆順調に出世し、ほとんどが中級以上の官吏になっている。殿試を受ける機会が得られたなら……何度もそう思った。

「恵まれぬ環境であっても辞めずに居るんだ、官吏であることにこだわる特別な理由があるのだろう？」

特別な理由という言葉に、蓮珠はわずかに反応が遅れる。蓮珠にとって都にいながら上級職に上がることは絶対だ。地方へ出たなら官位が上がる機会もあった。それでも中央での出世にこだわったのには、たしかに特別な理由がある。

でも、それは蓮珠の中にだけあるべきもので、たやすく口にしていいものではない。別の言葉を探し、蓮珠は翔央に苦笑の表情を見せた。

「……戦争孤児の身で、童子科だけでなく官吏にまで進ませていただいたんです。逃げ帰っては、書院《しょいん》の洞主《どうしゅ》に合わせる顔がありません」

書院は官立の学校ではなく、個人が設立した私立の学校だ。その書院を主宰する者を洞主と言う。蓮珠は、戦争孤児として都の福田院に育ったが、童試（学校での試験）の成績が良かったため、書院に入れてもらえた。

「ありがたいことです。わたしは実家が酒坊（醸造所）でしたから、幼い頃から両親や兄の近くで帳簿の読み書きや算術を習っていました。他の子より、その点でだけ勉学において有利だったんです」

突然にすべてを奪われたからだろうか、どれだけ時間が経っても、あの頃の思い出は色褪せることがない。

「官吏にまでなれたのは、ひとえに洞主のおかげです。それに、わたしだけでなく、妹もお世話になりました。書を教えていただいたことで、代筆の仕事ができるのですから」

黙って聞いていた翔央が「知っている」と、大きく頷いて言った。

「その妹御のことなら知っている。実は叡明の代筆をしているのは彼女だ。帝位に就くと、どうしても誰でも読める署名が必要だからな」

「……翠玉が今上帝の書を？　先ほどおっしゃっていた代筆の者って、妹のことだったんですか？」

「妹御を責めるなよ。皇帝の代筆だと知られることがあってはならないからな」

悪用されかねないのだから、姉にも内緒にしていたことは致し方ない。

もしかして、彼らは蓮珠の次として、翠玉に声を掛けるつもりだろうか。ごく幼い頃に郷里を離れた翠玉は威国語の会話こそできないが、代筆業という職業の必要もあって読み書きはできる。蓮珠は小さく首を振った。大事な妹を、契約上の嫁になど出したくはない。警戒心も新たに翔央の顔を見返せば、彼は困ったような表情を浮かべた。

「威国との和平成立から五年。度重なる戦いによって傾く一方だった財政も、ようやく復調の兆しが見えてきたところだ。俺は民に対して、再び戦禍を乗り越えよとは言いたくないんだ。どうか頼まれてくれないか？」

翔央の言葉は、郷里を失った日に蓮珠を拾ってくれた天帝様《かみさま》に通じるものがあった。これも天帝様《かみさま》のお導きというところか。

「それを言われては、もう断り続けることができませんね。わたしも相国民のために働く官吏ですから」

蓮珠は椅子を立つと、承諾の返事の代わりに翔央の前に叩頭《こうとう》した。

「よし。……では、やってもらうぞ」

翔央の声が喜色を帯びた。この美声を近くで聞けるのだ。それだけは、楽しみにしてもいいかもしれない。蓮珠はせめて、そう思うことにした。

しかし、ひとつぐらいは楽しみがあると思えたのは一瞬のことだった。直後に放り込まれた寝殿の一室で、蓮珠はすでに用意されていた衣装を着せられた。何かを言う間もない早さで脱がされて、気がつけば、伝統的な婚礼衣装に身を包まれる。

鮮やかな朱を基調にした衣装は、蓮珠のこれまでの人生の中で最高にきらびやかなものだった。金糸をふんだんに使用した衣は、何の飾りもないぺらぺらの官服とは比べものにならないほど厚みがあるが、その肌触りはさらりと心地よく軽やかだ。

着せてくれた女官によれば、皇后でなく妃の一人としての入宮になるので、これでもまだ地味なほうらしい。これより上の絹織物なんて、天女の衣のごとく浮かび上がるのではないかと思えてくる。

もっとも、気持ちを浮き上がらせている場合ではない。蓮珠は先ほどから「まだ心の準備が……」と幾度も呟いていた。

入宮式は、天廟《てんびょう》と呼ばれる西王母《せいおうぼ》が祀られている廟で行なわれる。皇帝と妃が巨大な西王母像の前で結婚報告の拝礼をするのだ。

「最初に準備を整えて迎えに行くと言ってあっただろう？」

西王母像を前に緊張でギクシャク動く蓮珠を見て、翔央が小さく笑う。

その迎え自体を冗談だと思っていたのだから、蓮珠に覚悟などできているわけがない。花嫁が顔を隠すために頭に被る蓋頭《がいとう》の下、蓮珠は頬を引きつらせていた。一方の翔央は、何とも思っていないのか、静かな横顔で蓮珠の隣に立っている。

翔央もまた婚礼衣装を纏っていた。しかし、そこは、さすが皇帝の衣装。襟にも袖にもこれでもかというほどの金糸銀糸の刺繍が施され、さらに腰帯には西方大国の守護とされる聖獣白虎の躍動する姿が大きく刺繍されていた。

「だって、結婚式ですよ？　緊張しますって。初めてのことなんですから」

「そうか？　俺も初めてのことだが、特に緊張しないな」

「……翔央様も初めてなんですか？　どうして今まで妃を娶られなかったんです？」

蓮珠は思いついた疑問をそのまま口にした。翔央は蓮珠とあまり歳が変わらないように見えるから、二十代後半には入っているだろう。皇族なら、妃の一人や二人いてもおかしくない年齢のはずだ。

「文官重用のこの国で、武官をやっているような出来の悪い皇子だからな。これまで、その手の話を持ち込まれたことがなかった。おまけに、双子の片割れが帝位に就いたんだ。皇弟なんて、誰を妃にしても叛心《はんしん》を疑われる可能性があって、面倒だろう」

皇族の結婚は基本政治的なものなので、立場的に面倒だというのは、蓮珠にも理解できた。だが、それだけで避けられるものなのかと思っていると、翔央が言葉を続けた。

「それに、武官になると決めたときに、この身は国に捧げると誓いを立てた。俺一人の誓いだ。誰も巻き込むつもりはない」

翔央の強い言葉に、蓮珠は落ち着かない気持ちになる。この婚姻はあくまで契約であり、仕事でしかないと、自分の存在を否定されたような気になった。色鮮やかな花嫁衣装までもが、急に色褪せて見える。蓮珠は何も言葉を返せず、ただ俯いた。

それを緊張が解けてないと思ったのか、翔央が口調を軽くした。

「そんなに固く構えることはない。入宮式は、立后式《りっこうしき》のような国家行事じゃないからな。あっちのほうは、儀礼の内容がかなり複雑だ。国外へのお披露目を兼ねているから、相当数の視線に晒されて緊張も並大抵じゃないぞ。それに比べたら、入宮式で身代わりをするくらい、たいした話じゃないだろ？」

蓮珠の気持ちを軽くしようとしてくれる翔央の気遣いが、素直に嬉しかった。

「そうですね。……今のお話を聞いたからには、立后式での身代わりは勘弁していただきたいです」

小さく笑って蓮珠が言うと、翔央は少し大袈裟にしかめっ面を作った。

「本当にな。特に礼服の大裘冕《だいきゅうべん》は動きにくい上に、刺繍が多すぎて全体に重くて肩が凝る。あんなものを長時間着てられない。さっさと叡明に引き渡したい」

翔央が西王母像の前に跪《ひざまず》く。蓮珠も翔央に倣って、拝礼のために膝を折った。

「武官は平素から動きやすい服ですものね。……威国公主は、立后が内定していらっしゃいますし、お二人には早くお戻りになっていただきたいですね」

蓮珠はすぐに翔央の同意を得られると思ったが、翔央は小さく首を振った。

「いや、二人が戻れば万事解決というわけでもないな。国内には今も威国との和平に反対する者が少なくない。長年敵対していた国からの公主を妃の一人として迎えるだけでなく、国母たる皇后に据えようと言うんだ、反発の声も上がるというものだ。その証拠に、抗議文という体裁を装った脅迫状が宮城内の各部署に届いている」

「待ってください、それって危ないんじゃ……？」

「危ない程度で済めば良いな。言っとくが、この後に行なう予定の国内重鎮を招いた入宮の報告会だって、あまり和やかな雰囲気とは言えないぞ。なにせ、帝位に就く機会を奪った相手も出席しているからな」

翔央から明かされる情報を飲み込むのに必死で、蓮珠は西王母像の前に叩頭するも、顔を上げる気になれなくなった。

「どうした？　また、緊張してきたか？」

「どうしたじゃないですよ。婚姻の誓約に署名してからそういうことを言うなんて、詐欺じゃないですか？」

　威国公主に成り代わっての入宮式を前に、蓮珠は身代わりではなく陶蓮珠自身として、翔央の妻になるという書面に署名していた。

「そこはあれだ。夫婦になったからこそ話せる話というヤツだ」

「こういう時だけ本物の夫婦みたいに言うとか、目の前に立ってらっしゃる西王母に申し訳が……ん？」

「なんだ？」

「なんか、この西王母様、やけに前のめりじゃありませんか？」

　蓋頭を少し持ち上げて見上げた西王母は、いいかげんな蓮珠たちを叱りつけるように身を傾けている。

「！　……馬鹿。これは倒れてきてるって言うんだ！」

　翔央の声と同時に、蓮珠の腕が強い力で引っ張られた。そのまま顔を彼の胸に押しつけられて、床を転がる。翔央の腕の中で蓮珠が耳にしたのは、重いものが床にたたきつけられる轟音だった。

きつかった翔央の腕の力が緩み、おそるおそる目を開けた蓮珠は、先ほどまで自分たちが居た場所を見た。

そこには、大小の彩色された木の塊《かたまり》が転がっていた。その多くが、西王母像の破片だろう。拝礼のための台の上に落ちたものは、そのまま木板を貫き、斜めに刺さっている。

ひしゃげた金属が、その近くに落ちていた。蓮珠の頭についていた大きな髪飾りの残骸だ。翔央に手を引かれた際に落ちたらしい。もし、あのまま拝礼台に居たなら、ああなっていたのは自分かもしれない。そう思うと、声が出なかった。

「これはいったい……。主上、お怪我は？」

廟の外で控えていた礼部の官吏が駆け寄ってくる。翔央が蓮珠を抱き寄せる動作で、自然と顔を見えないようにしてくれた。

「ああ、かすり傷程度だ。すぐに調べさせろ。あんなデカイものが、たまたま拝礼しているところに倒れてくるとは思えない」

立像が倒れた際の音を聞きつけて、たくさんの官吏や警備の武官が駆け寄ってくる。蓮珠を立たせた翔央は、軽く衣装についた埃を払うと、蓮珠を抱き上げた。

「足を捻ったことにしておけ。人が集まってくる。誰がどこで見ているかわからん。さっさとこの場を離れるぞ」

蓋頭を深めに被り、蓮珠は無言で頷いた。翔央は近くの者に少し離れると声を掛けると廟を後にした。

「なるほどな。あれはたしかに狙い目だった。拝礼中は官の付き添いがない。皇帝と妃のみだ。今後、行事関連での警備体制を見直す必要があるな」

どうやら、皇城警備を担う武官として、今後の警備体制を考えているらしい。

「待ってください。……さっきの脅迫状の話といい、もしかして、翔央様は入宮式が狙われるかもしれないとわかっていらしたんですか？」

「そりゃ、和平反対の文書を送りつけるだけでは、連中も物足りないだろう」

蓮珠には理解しがたいくらいに軽く言う。さらには、二人の横を抜けて運び出される西王母の破片を眺めながら、蓮珠にしか聞こえない程度の小さな声で呟いた。

「……あれは引き籠もり学者の叡明じゃあ避けられなかったな。俺が身代わりになっておいて良かった。お前も無事だし、何よりだな」

「この状況のどこが無事なんですか！」

思わず蓮珠は叫んでいた。

第二章　偽りの花、華名を得る

相国の皇城白奉城は、全体として皇帝の執務・居住する場所となっている。歴代王朝の建築思想である「前朝後寝」に従い、前つまり南を朝廷、後つまり北を寝殿としている。朝廷にあたる白奉城の南半分には政務を処理し、朝会を行なう奉極殿《ほうきょくでん》・虎継殿《こけいでん》の二大殿がある。

そのうち、より皇帝の寝殿に近い虎継殿は、皇帝が大臣らを招き、宴会を催す場所でもある。この夜は、その虎継殿の大広間に国の中枢を担う皇族、大臣、上級官僚らが集まっていた。

広間の最奥、床から数段高い場所に据えられた玉座には、翔央が皇帝として座している。服装は西王母廟での婚礼衣装から、重要典礼用の礼服である袞服《こんぷく》に改めていた。

蓮珠もまた、威国公主として玉座の前に跪いている。伝統的な相国の花嫁衣装から典礼用の衣装に着替えたが、蓋頭は深く被っている。夫以外の男性が多く居る場だから、非礼に当たらない、むしろ淑女の鑑《かがみ》となる姿だ……というのが、皇帝の前で顔を隠していることへの言い訳として、李洸たちが用意したものだった。

よく色々な言い訳を思いつくものだと、蓮珠は密かにため息をついた。

玉座に皇帝として座る翔央はと言えば、祝宴の席には合わない、あまり抑揚のない声で粛々と儀礼を進めている。これでは、せっかくの美声が台無しではないか。蓮珠が、ため息を重ねたくなったところで、この儀礼で最も重要な言葉が静まりかえった広間を小さく揺らした。

「妃の位と艶花宮《えんかきゅう》を与える。これより威妃《いひ》を名乗るがいい」

妃は、相国後宮の妃嬪《ひひん》に与えられる位の中で、最上位のものである。相の後宮は他国に比べて小規模で、四妃を頂点に、四嬪と十名程度の才人、側女《そばめ》と続いている。だが、蓮珠が予習したところによると、現在後宮のすべての位が埋まっているわけではないらしい。

と言うのも、先日まで次期皇帝は第二皇子英芳と目されていたため、すでに何人もの重臣の娘がその妃として嫁いでいたのだ。あっちがダメならこっちと簡単に変えられるほど妃嬪の条件は緩くない。そのため叡明の後宮に娘を入れることができたのは、英芳の妃として年齢が合わないなどの理由で諦めていたごく一部の臣下たちだった。

その数少ない妃嬪ではあるが、皇帝になった理由が理由だけに、叡明が寵愛を与えた妃嬪は一人も居ない状況だ。皇帝の寵愛を確実に受けることになる妃の入宮を厳しい目で見ているのは、娘を入宮させた大臣、上級官僚たちだろうか。この妃がいなくなれば、自分の娘に好機が巡ってくるかもしれないと思っているのだろう。

蓋頭越しでも睨まれているのがわかるくらいだ。本物の威妃がこの場に居なくて良かったと、蓮珠は心の底から思った。

「威妃、こちらへ」

翔央の強く短い言葉で、玉座の傍らに侍るよう命じられる。蓮珠は李洸から言われたとおり、なるべく顔が見えないようにゆっくりと立ち上がり、玉座よりは一段低い場所に用意された椅子に腰掛けた。ここからは、妃として祝賀の挨拶を受ける側になる。

大臣、上級官僚らが跪礼をする中、玉座に近い場所にいた三人が立ち上がり、挨拶のために歩み寄ってくる。皇帝の兄弟で、長兄の秀敬《しゅうけい》、次兄の英芳、末弟の明賢《めいけん》である。彼らはそれぞれ賜っている宮の名、飛燕《ひえん》宮、鶯鳴《おうめい》宮、雲鶴《うんかく》宮で呼ばれる。当たり前ではあるが、皇帝の双子の弟で白鷺《はくろ》宮を与えられている翔央は、この場に呼ばれていない。

「片割れはどうした？」

最初にそう言って周囲を見回したのは、次兄の英芳だった。長身の翔央に比べると少々背が低い。また、彫りの深いやや派手な顔立ちで、翔央とはあまり似ていなかった。明るい色の髪を短く切り込んでいる。着ている礼服は、形や使われている色こそ国の規定にあるものだが、白虎の刺繍は大きく、しかもかなり凝っている。腰帯の金の飾りも大ぶりで、人目を引く。さすが、絹織物で財をなした大商人の娘を母親に持つだけのことはある。

しかし、弟ではあるが相手は皇帝なのだから、最低限の礼はとるべきだというのに、なんという物言いをするのだろう。蓋頭に隠れたところで蓮珠は眉を寄せた。

「アレは武官であり、この場に入ることを許された位にはありませんから」

翔央は叡明として、自身のことを淡々と言った。

たしかに、この場に武官は高名な将軍数名しかいなかった。この国での武官の扱いというのは本当に低いのだと、蓮珠は改めて思った。皇族でありながら武官の道を進んだ翔央は、そのことをどう思っているのだろうか。蓮珠は少し気になるも、皇帝として応じる翔央の言葉は淡々としすぎていて、感情は窺い知れない。

「冷たいねえ。さすが、引き籠もり学者のくせに、公主をかっさらっていっただけのことはあるよな。気遣いの欠片もねえ」

空気がピリピリする。翔央は叡明の身代わりなわけだが、この兄弟、普段からこんなにも険悪な仲だったのだろうか。演技過剰なのでは……とびくびくしているところに、やわらかな声がそっと入ってきた。

「あとで金烏宮に呼んであげてはどうだろうか。先の儀礼で、西王母像が倒れたと聞いて私もとても不安だった。あの子もきっと心配しているはずだ。直接無事であることを見せてあげたほうがいい」

長兄の秀敬だった。背は、翔央よりは低いが英芳よりは高い。文人らしく骨格からして細い。顔も細面で顎がやや尖った感じだ。長髪を一つに束ねていて、落ち着いた色合いの清楚な礼服姿をしていた。弟帝に話しかける穏やかな表情からも、人柄が窺える。そこに立っているだけでなんとなく落ち着く。蓮珠の肩の力が少し抜けたところで、急に蓮珠の手に誰かが触れた。驚き、思わず顔を上げると、幼い笑みがある。

「新しい姉上様ですよね。明々《めいめい》はすごく嬉しいです。仲良くしてくださいませ！」

透き通るような白い肌に線の細い身体。黙っていれば、病弱な印象も受けるところだが、その声は大きくよく通るので、弱々しい印象はない。自身を幼名で呼び、発語がやや舌っ足らずなところなどは、とても可愛らしくて、蓮珠は思わず頬が緩んだ。

「は、はい、こちらこそ……」

笑顔に促されて返事をすれば、傍らから小さな笑いが漏れる。

玉座を見上げれば、翔央もまた、ほんの少し口元に笑みを浮かべていた。

「末弟の明賢だ。可愛がってくれた姉上が威国に嫁いで以来、寂しそうにしていた。仲良くしてやってくれ」

翔央の声がいくぶんやわらかい。秀敬もクスクスと笑い、さらには、英芳までが肩をすくめると、軽く明賢の頭を撫でる。

「明々、いくらガキだからって、許可なく人の嫁さんに触るなって言ってるだろ。いいかげん、覚えろよ」

どうやらこの兄弟、揃って末弟には弱いようである。

「明々は、もう『ガキ』ではありません。ちゃんと挨拶だってできます」

子ども扱いされたくないお年頃なのだろう。大人のすることを真似て背を正した明賢は、大きな声で言った。

「主上、夕刻に虎峯《こほう》の方角に瑞雲《ずいうん》を見ました。めでたきことです」

相国の中心を貫く虎峯山脈は、国の守護獣である白虎が西王母の足下に身を横たえた姿に譬《たと》えられる霊峰だ。その方角に瑞雲を見たというのは、祝賀の言葉として正しい。本人としてもうまく言えたのだろう、表情も満足そうだ。なんとも微笑ましい。

「可愛らしいですね」

蓮珠がそっと呟くと、翔央は「今のうちに癒されとけ、ここからは腹の中でなに考えてんだかわからない奴らが続くからな」と返してきた。蓋頭の下からそっと様子を見れば、大臣らが挨拶のために移動を始めるところだった。蓮珠からすれば顔も見たことないほどの高位の人々だが、万が一にも礼部の女官吏だとバレたら終わりだ。蓮珠は、蓋頭の下の表情を引き締めた。

威妃に与えられた寝殿は後宮の北西にあり、正式名称は艶花宮というが、威妃のために新造したため威宮《いぐう》と呼ばれることになった。外観は、皇城内の建物として統一性を出すためか相国風だが、内部の造りは威国風が採用され、相国式の小部屋で区切る構造ではなく、一部屋が大きい。さらに威からの妃に相の威厳を見せつけるような、豪華な調度品で埋め尽くされていた。

「……なんだか眩しくて落ち着きません」

「まあ、そう言うな。身の回りの世話をする者は、俺の側近や懇意にしている女官を用意した。威宮内では、適度に肩の力を抜いても平気だ」

紹介されたのは、威宮付きの女官二名と宦官一名だった。

「女官二人だが、衣装を整えるので、すでに顔は知っているな。桂花《けいか》と紅玉《こうぎょく》だ。それから、これは……」

「客殿でお茶を出してくださった方ですよね？」

翔央が言葉を探しているようなので、蓮珠は彼を先に覚えていることを伝えた。そうすることで、宦官に対する嫌悪がないことを示す。官吏の中には、彼らを『欠けた者』として低く見る風潮があるにはある。だが、蓮珠としては、官吏である自分と同じように宮城内で働く者ぐらいの認識だった。

「そうだ。秋徳《しゅうとく》は威宮付きの太監《たいかん》ということにしてある。宮を訪れる者の対応は、全部やってくれる。基本的にお前が直接誰かに会う必要はない。長旅と慣れぬ異国暮らしで体調が優れないことにしておくから」

「……つまり、宮から出るな、と」

「あまり表に出ないと実在を疑われるから、齟齬《そご》が生じない程度なら表に出てもいい。その時は、必ず三人のうち誰かを連れていけ。なにかあっても彼らなら上手く処理するだろうから」

「もったいないお言葉でございます、主上」

そう応じたのは、桂花と紹介された女官だった。年齢は蓮珠よりだいぶ上のようである。翔央の補足によると、双子の乳母で、彼らが生まれる前から後宮に勤めているそうだ。その華やかで洗練された雰囲気は、蓮珠よりよほど妃らしい。

「よろしくお願いします」

緊張して一礼すると、桂花の傍らに控えていた紅玉が小さく笑った。

「この威宮の主は、貴女様です。威張り散らしていただいてもいいのですよ」

彼女は蓮珠とほぼ同じ年頃。ただ、圧倒的に紅玉のほうが清楚な美女だった。

「いいえ、演技力にはまったく恵まれていないので、怪しまれるだけですから……」

思わず翔央の後ろに半身隠れた。内装ばかりか、宮付きの方々まで眩しいとは、後宮のすごさを感じる。

「いろいろありすぎて疲れただろう？　着替えたらゆっくり休むといい」

疲れているのは翔央のほうではないだろうか。翔央の声が、彼にしてはやや力ない感じを受ける。彼こそ休むべきだと思った蓮珠は、考えをそのまま口にした。

「翔央様は、お休みにならないのですか？」

問いかけてから、ハッとする。なんだか、新妻が初夜の床に夫を誘っているみたいな状況になってしまった。

「あの、これは……違うんです、その……」

慌てる蓮珠の頭を、翔央が「わかってる」の言葉の代わりに軽く撫でる。

「俺はまだやることがある。今後のことで李洸と打ち合わせをしなければならないし、探しにやった者からの報告も受けないとな。……ところで、陶蓮珠」

「は、はい！」

名を呼ばれると思わず背を正して拱手してしまうのは、長年染みついた役人気質によるものだった。

「そう畏まるな。……以降は、常より威妃と呼ばせてもらうぞ。お前も俺の呼び方を改めろ。どこでどう人が聞いているかわからんからな」

「そうですね。わたしも桂花さんたちと同じく『主上』と呼ばせていただきますね。威国風の『首長』では、相に馴染まないと思いますし」

高大帝国《こうだいていこく》の継承者を名乗って国を建てた相国の太祖と異なり、威国は北方騎馬民族の一族長が他部族を従えながら一国になった。そのため、意識としては帝国でなく王国であり、主上ではなく首長を使うと聞いている。

「そうだな。威国風だと、陰で色々言う者も居そうだ」

「かしこまりました、主上」

蓮珠は、妃らしく見えるよう、精一杯優雅な動きで拝礼した。


寝台が広すぎる。平均的な体格の大人の女性なら五人くらい並んで寝られそうだ。

寝室には、長椅子も置かれていた。土台の木には濡れたような光沢を放つ黒檀が使われ、脚部にも手摺《てすり》にも細やかな彫刻が施されている。足下に拡げられているのは、熊の敷物。これは威の国色が黒であるために揃えたものなのだろう。

「どっちか一つでも売れれば、小さな川の堤ぐらいにはなりそう。いや、寝台も付ければ、西河《さいが》の上流域の治水対策も……」

いやいや、この宮ごと売り払えば、水の便の悪い地域に運河を引くことだって可能だ。

「……ダメだ。場違い感から逃れようとして、役人思考が暴走してる」

ふらつく足で庭に面した扉を開ける。さすが皇城の奥の奥。官庁のように建物がごちゃごちゃしていない。月明かりに庭木々が浮かび上がり、相国特有の夏の冷涼な夜気が辺りを漂っている。

「そうか。今は役人じゃないから、明日は登城のために早起きしなくていいんだ……」

もっとも、大きな括《くく》りで言えば、すでに城にいるわけだが。

「よし、ゆっくり寝るぞ！」

朝に弱い蓮珠としては贅沢の極みだ。

声を上げて寝台に背中から倒れ、やわらかな絹の感触に埋もれる。新造宮の木の香りを吸いこんで目を閉じた。

「わたし、一人で寝るんだ。結婚しても独り身とは、これいかに……。とことん色気に無縁だな」

そう呟いて、自分で可笑しくなる。翔央との結婚は、ただの契約だ。あのまま、翔央が休むにしたって、それはこの部屋でなく別の部屋のはずだ。

「嘘ばっかりつく不誠実の塊なのに、そういうところだけは誠実なんだから」

なんとなく呟いた言葉が、広い部屋にやたらと響いた気がした。慌てて目を閉じ、上掛けを被る。だが、こんな贅沢な絹の上掛けに包まれているのに、どこか肌寒い。蓮珠は、うまく眠れぬまま、夜が終わるのを待っていた。

第三章

偽りの花、華園に咲く

かつて高大帝国《こうだいていこく》と呼ばれた王朝があった。全盛期には大陸のほとんどを支配下に置き、三百年の長きにわたる大帝国を築いた。大帝国時代には、現在の相国がある大陸西方は書画に『四西麗景』と謳われ、帝国貴族の避暑地として広く知られていた。

この地にあるのは、訪れる帝国貴族を満足させるために発展した高級品・贅沢品の工房ばかりだ。そのせいか、相国では官庁の建物であっても、屋根や柱の装飾が凝っている。

「見た目はたしかに豪華ですけど、州城を改築したせいで増改築を繰り返し、今でも手狭なんですよね。官庁の一部が宮城の外に間借りしているとか、ちょっと恥ずかしい感じなのに、後宮は広い庭が幾つもあるんですから……場所取りすぎでは？」

「後宮にもっと多くの妃嬪がいた時代には、そこに宮がございましたよ。このたびの威宮も庭になっていた場所に建てられたものでございます。後宮には後宮の歴史がありますから、今空き地なら削ってしまえば良いとはいかないんですよ」

そう教えてくれたのは、威宮付きの女官である桂花だった。

「なるほど、最初から庭ではなかったんですか。さすが、桂花さん。後宮のことならなんでもご存じですね」

桂花は叡明と翔央の乳母だった。双子の年齢を考えれば、すでに三十年近く、後宮に関わりを持っていたことになる。やはり頼りになる人といえる。

「あのあたりの建物は、なんですか？」

「宝物殿にございます。と言っても、現在は後宮で使用する日用品の倉庫と言ったほうが説明としては正しいです。威国との戦いは五年も前に終わりましたが、戦費で傾いた国庫の影響は、後宮にも及んでおります。宝物殿の中もずいぶんと寂しいものになってしまいました」

後宮と言えども、華やかさだけではないようだ。

「威国との和平が長く続けば、胸を張って宝物殿だと言える日がまた来ますよ」

蓮珠は、桂花に微笑んで見せた。

「そうですね。主上はご聡明でいらっしゃいますから、これからの相国はますます繁栄することでしょう。一日も早くお戻りになられると良いのですが」

桂花はそれまでの華やかな表情を少し曇らせた。

「わたし、下級官吏の身ですので、主上への拝謁は許されていないんです。主上は、翔央様……いえ、『主上』とそれほどまでに似ていらっしゃるのですか？　本当に主上がお戻りになるまで、隠しおおせるのでしょうか？」

「目鼻立ちは、さすがに瓜二つでございますね。ただ、気質はだいぶ異なっていらっしゃいます。ですが、長年仕えてまいりました私などはともかく、ほとんどの者は気づかないでしょう」

生まれたときから近くに居た乳母くらいしか気づけないとなると、見た目はそうとう似ているようだ。

「気質という点では、主上は学者として本に埋もれるのを好んでいらっしゃいましたが、翔央様は昔から外で身体を動かされるほうが性分に合うとおっしゃってました。武官になられてからは、武官としてのお勤めを優先し、皇族として朝廷にお出になることはございません。心ない者は、翔央様のことを、皇族のお情けで禁軍に籍を得た、政治のわからぬ者と決めてかかっているのです」

ひとしきり怒りをにじませて早口で言った桂花は、そこで声が大きくなっていると気づいたらしく口を押さえ、周囲を見た。今のところは人影もない。彼女は一つ咳払いをすると、声を落として続けた。

「ですが、そう思わせておいたほうが動きやすいとおっしゃって、翔央様はご自身の噂をそのままになさっているのですよ」

なんとなく想像がつく。翔央は周囲の評価に無頓着なところがある。いや、自身に対する評価が低いのかもしれない。

「……気質が異なるとおっしゃってましたが、本物の主上はどんな気質なのですか？」

桂花は、その場に足を止めると、言葉を探すように少し眉を寄せた。

「叡明様は……なんと言いますか……頭が良すぎるんです。それ故に何をお考えなのか誰にもわからないところがございます。このたびのことといて、いったいどのような目的があるのやら」

蓮珠は首を傾げた。

「威国公主様との仲を引き裂かれそうになっての駆け落ちではないのですか？」

「それだけとは思えません。……ええ、あの方のことですから、なにか他にお考えがありなのでしょう」

桂花は目を閉じ、幾度か頷いて断言した。

「とは言え、今回の主上の出奔《しゅっぽん》には感謝しております」

桂花が声を弾ませた。

「……感謝ですか？」

「はい。縁談に露ほどの興味もお持ちでなかった翔央様が、仮のお姿で……とはいえ、妃を得られたのですから。これを機に、ご自身でも正式な妃を迎えていただきたく」

「いや、それは……」

かりそめの妃でなく契約の上では、本当に翔央の妃になっていますが……と言いかけて言葉を飲み込む。

蓮珠が単なる身代わり妃になった下級官吏でなく、手続き上は翔央の妃となっていることは、周囲に隠してある。これは蓮珠の身になにかあった際の切り札だからだ。さらには、威妃が入宮したのと同時に皇弟が下級官吏を妃にしたと知られれば、政治的意図を疑われ、注目を浴びることになる。それでは、身代わり皇帝と皇妃として動きにくくなってしまうだろう。

「えっと、……そうでした、いざという時の避難経路の確認でも……あっ！」

誤魔化しの言葉を口にして廊下を曲がったところで、誰かとぶつかった。見れば、数名の侍女を連れた妃のようだった。

「……あら、知らない者がいるわね」

そう言って彼女は軽く眉を寄せた。見た目のわりに声が幼い印象だ。たしかに後宮の華にふさわしい美人ではあるが、ややキツい顔立ちをしている。いや、濃い目の化粧で目元や口元をくっきり描いているせいでキツく見えてしまっている。幼さを隠そうとしているのだろうが、その目的はあまり成功していないように蓮珠には思えた。

着ている襦裙を見れば、白の襦に紅い裙。裙には梅花が描かれている。その花紋を使っているということは、清花宮《せいかきゅう》を賜っている胡淑儀《こしゅくぎ》のようだ。

「胡淑儀様の前で無礼であろう、蓋頭を取りなさい」

侍女が激しい口調で言うと、蓮珠の半歩後ろに控えていた桂花が進み出た。

「こちらは、威妃様にございます。無礼はどちらでございましょうか？」

相手が威妃と知って、慌てて侍女が身を引く。淑儀は、威妃より下位の妃嬪だ。この場合、道を譲るのは胡淑儀のほうだった。とは言え、淑儀は四妃に続く四嬪の最上位である。滅多に道を譲ることがなかったのだろう。屈辱に美しい顔を歪ませていた。

「怖い目をしておられましたね。……大丈夫ですか？」

廊下を進み、淑儀の一団が後方に見えなくなってから、桂花が蓮珠に声を掛けてくれた。

「はい。あの程度なら特には。緊張はしましたけど、怖くはないです」

悪目立ちする女官吏だったので、同僚や上司から嫌な目で睨まれることは多々あった。

「頼もしい限りですね。後宮の妃にとって、この手のことは日常茶飯事ですから。……とは言え、できるかぎり、他の妃嬪との衝突は避けたいところです。今日のところは威宮へ戻りましょう」

桂花に促され、蓮珠は来た道とは別の、あまり他の妃嬪が好んで通りそうにないうら寂しい廊下を選んで威宮へと戻ることにした。これなら、誰にも会わずに戻ることができるからだ。

蓮珠が夕食の席で今日の出来事を翔央に報告していると、その話の終わりで桂花が感心したように言った。

「威妃様はよく後宮の構造を知っていらっしゃいますね」

蓮珠はぷるぷると首を振る。工部に勤めていた頃に見た皇城増改築案の図面には後宮の一部も描かれていた。それでなんとなく造りがわかっているだけだ。

「一人で歩いたら、完全迷子です。だから、置いていかないでくださいね」

これには桂花だけでなく、翔央も笑った。

「ずいぶんと可愛いことを言う。俺の嫁は上司であろうとも間違いを正す、強気な女官吏だったと思ったが？」

可愛げがないと言われたことはあっても、可愛いと言われた記憶はない。蓮珠は恥ずかしさに顔が熱くなるのを感じた。

「わたしに可愛げなんて欠片もありませんよ」

蓮珠の反論に翔央がニヤリと笑う。

「そうか？　西王母像が倒れてきたときなんて、真っ青な顔で俺の袖を掴んでたじゃないか。アレとか、なかなか可愛かったと思うが？」

そりゃ、あんな大きなものが倒れてきたら、誰だって焦る。蓮珠は思わず叫んだ。

「そんなこと思ってるような状況じゃなかったですよね！」

「そういう反応を可愛げがあると言うんだ。よく覚えておくことだな」

翔央が片手をひらひらさせながら、子どもを諭す教師のような口調で言う。

完全に面白がっている。蓮珠は翔央を睨むが、彼は楽しそうな顔で蓮珠を見返すだけだ。

「お二人は、本当に仲がよろしいですね」

嬉しそうに桂花が言うので、蓮珠は勢いよく首を左右に振った。

「と、とんでもない！」

下級官吏の自分のような者と皇族の一員である翔央とでは、仲を語るのも不敬だ。そう思って蓮珠は否定したのだが、翔央はボソリと「地味に傷つくぞ」と呟いた。自分のなにが間違っているのか尋ねようとしたところに、秋徳が入ってくる。

「お食事中、失礼いたします」

秋徳は翔央に耳打ちする。それを受けた翔央はすぐに席を立った。

「李洸から呼び出しだ。皇帝が顔を見せる必要があるらしい」

翔央は蓮珠に短く事情を説明してくれた。蓮珠も席を立ち、皇帝が居所である金烏宮に戻るのを見送る。

「お気をつけて」

宮の外の廊下に出たところで、そう声を掛けると、翔央は自分の着ていた褙子《はいし》を脱いで、蓮珠の肩に掛けてくれた。

「北の威国に比べれば温かな相ではあるが、夏の夜は思いの外、涼しくなる。身体を冷やさぬように気をつけて」

それは、廊下に呼んだ輿《こし》の担ぎ手などの耳目を意識した、皇帝としての演技かもしれない。それでも、蓮珠は肩に掛けられた褙子の温もりに、頬まで熱くなっていくのを感じた。

翌日午後の後宮内散策で、蓮珠は今度は十人近い侍女を連れて歩く妃に遭遇してしまった。しかも、相手は威妃と遭遇したことをわかった上で、小馬鹿にするような視線を向けてきた。

「北の雌馬が後宮を彷徨《うろつ》いているなんて嫌ね」

聞こえてしまった言葉に、つい足が止まった。なんて下品なことを言うのだろうと蓋頭の下から相手を窺う。どうやら、相手は蓮珠がなにも言い返してこないため、威妃は相国語がわかっていないのだろうと思ったらしい。

「さっさと草原にお帰りなさいな」

さらにそう続けた。

これはいただけない。蓮珠は小さくため息をついた。寵《ちょう》を競う相手であろうとも、国の違いをあげつらう言葉は良くない。妃嬪の品格は国の品格だ。本物の威妃が聞いたなら、外交問題になりかねないような言葉である。

『汚い言葉は、ご自身の口を汚すものですよ』

蓋頭の下から口元が見える程度に顔を上げ、そう威国語で返した。やはりと言うべきか相手の妃はわからないようだ。不快そうに眉を寄せただけで、特に蓮珠の言ったことに対する反応はない。なので、今度は相国語で言った。

「自国語以外を学ぶことを禁じる法なんて、相国ぐらいのものです。それも五年前にようやく廃止されましたが。自分がそうだからといって、相手も自国語しかわからないなんて、先入観でものを言うのはおやめになったほうが良いです。貴女の品格だけでなく、この国の品格も疑われます」

相手の妃が絶句している。蓮珠は、彼女をそのままに威宮へと戻る道を歩き出す。

「派手にやりましたね……」

半歩後ろを歩く紅玉が小さく呟いた。

「やらかしました……。すみません」

蓮珠は反省に深く俯いた。昨日、桂花も他の妃との衝突は避けるように言っていたのに。

「いえいえ、蓮珠殿のご意見には私も賛同です。ただ、これは後々厄介なことになるのではないでしょうか？」

紅玉の言葉にこそ、蓮珠は賛同だった。

これで、威妃は相国語を理解できることが後宮内に広まるだろう。当然、いい意味でも悪い意味でも、妃たちの中から威妃に接触を試みる者が出てくる。そのすべてを避けることは困難だ。

本物の威妃が戻ったときに、なるべく齟齬が生じないようにするのも身代わりである蓮珠の仕事だったのだが……蓮珠は今すぐにでも威妃に叩頭礼で謝りたいと本気で思った。

そして、悪い予感が外れることはなく、翌日からそれは始まった。

「この道も通れませんね。……相手もなかなか後宮の構造を理解している。威宮への道だけ、見事に汚されてますね」

この日の後宮内散策の付き添いは、秋徳だった。

彼とともに威宮を出てきたのはいいが、宮へ戻る道に汚泥が撒かれている。目の前の道がダメならと迂回すれば、また別の威宮への道にも何かしら障りのあるものが置かれている状況だ。

「……今度は虫ですか。いやあ、壺に入れて競わせてから返します？」

「秋徳さん、蠱毒《こどく》は呪術です。罪を問われるのはこっちですよ。絶対にやめましょうね」

秋徳を諌めてから、廊下に蠢く虫を見るために屈む。ミミズが数匹混ざっている。わざわざ土を掘ったのだろうか。

「なんて言うか、やることが子どものイタズラですよね。これを用意した女官の方々は大変だったろうな。上司に振りまわされる官吏も激務ですけど、妃付きの女官ってのも大変そうです」

山里の邑に生まれ育った蓮珠は虫など見慣れている。不快な気分になるほどのことでもない。長裙の裾を上げて飛び越えるのが面倒だという程度だ。

「宮付きの宦官がやったのかもしれませんよ。どっちにしろ、土いじりは好む者はあまりいませんが。まあ、いずれにしても仕える妃嬪の善し悪しに、こっちの人生を大きく影響される仕事ですよ」

そう言って笑う秋徳も、虫や小動物の死骸を処理することに慣れているようだ。

「まさか、主上もこんな目に遭ってばかりで、身の回りのお世話をする秋徳さんも慣れてしまったとか？」

「自分は南部の山里出身ですから。それに、どちらかと言えば、イタズラした側でした」

聞くところによると、秋徳は元武官で、翔央の部下だったらしい。翔央が白鷺宮を賜り、宮の管理を任せられる者も探していたので、自ら宦官になると志願したそうだ。

「……人に歴史ありってことですね」

蓮珠の言葉に、秋徳が首を振る。

「その言葉は貴女様にこそ相応しいのでは？　色々な部署を渡り歩いてきて、多方面に経験豊富な方だと、主上から伺っておりますよ」

人のいないところで、なにを部下に吹き込んでいるのだろう。蓮珠は「多方面なんて、そんな……」と首をプルプル横に振ってから、小さく呟いた。

「恋愛経験はこれっぽっちもありませんし」

これに、秋徳が盛大に吹き出した。

「そこは宦官やっている自分も同じですから、お互い考えないことにしましょう」

秋徳はそう言って笑うが、相国では宦官の妻帯や養子をとること、つまり家族を持つことが許されている。やってやれないことはないのではないか。

そんなことを考えていると、廊下の向こうから宦官が一人駆け寄ってくる。秋徳の部下である彼がなにごとか耳打ちすると、秋徳は眉を寄せ、ひとつため息をついた。

「大変申し訳ございません。少々こちらでお待ちいただけますか。すぐに戻りますので」

そう言うと、さすがに蓮珠を一人で残してはいけないので、部下を一人付けて、この場を離れた。

翔央が皇帝の身代わりをしているという事情を知る者はわずかしかいない。翔央には翔央としての仕事もあり、その二重生活はなかなか忙しいようだ。これは、翔央に仕え、白鷺宮を取り仕切る秋徳にも言えることだった。

「はい」

蓮珠は頷き、秋徳を見送ると、すぐそこの庭に置かれた四阿《あずまや》でくつろぐことにした。

夏の午後の日陰は心地よい。四阿から眺める蓮池の緑が眩しい。栄秋の街の南西から吹いてくる海風に目を細めていると、先日遭遇した妃と同じく、十人近い侍女の一団を連れた妃嬪が、なぜか四阿のほうへ歩いてくる。

侍女が支える日傘の下を優雅に進んでくるのは、蓮珠より少し年上に見える妃嬪だった。遠目に衣装を確認すると薄緑の襦裙には花木々にとまる鳥が描かれているようだが、なんの鳥かはわからない。衣装に刺繍された紋の中心物が花なのか鳥なのかは大きい問題だった。

皇帝の妃は『皇妃《こうひ》』と呼ばれ、賜った宮に合った花紋が与えられる。これに対して、飛燕宮や白鷺宮などの宮持ちの方の妃は『宮妃《きゅうひ》』と呼ばれ、こちらは宮に合った鳥紋を与えられる。この違いでどこの誰かを見分けるのだが、衣装に施された細やかな刺繍のために、花と鳥のどちらが中心か見分けにくくなっていた。

簪《かんざし》などの本数からも位がそれなりに高いことがわかるが、いったい誰だろう。蓮珠は蓋頭越しに相手の顔や衣装を見つめた。

蓮珠の初対面の人に対する悪癖を晒して相手をじーっと眺めていると、向こうのほうから口を開いてきた。

「その蓋頭……、そう、貴女が帝位に就く道具になるために、遠方から来た哀れな女ね」

妃である自分が何かを言われるならともかく、皇帝への批判ともとれる言葉に、蓮珠は蓋頭の下から思い切り相手を睨みあげた。

その妃嬪は、額を出して髪を大きく輪の形に結い上げていた。気位の高さが表情にも出ている。これほどあからさまに威妃を見下す目をしている妃嬪は初めてだった。

「お言葉ですが、主上に道具扱いされたことは一度もございません。どなたかと勘違いされているのでは？」

相手もまた蓮珠を睨んできたが、すぐに何か言葉を返すということはしなかった。浅慮で言葉を口にするような女性ではなさそうだ、そうなるとますます先ほどの皇帝批判とも受け取れる言葉が気になる。いったいなんという妃嬪なのだろうか。

相手の衣装からそれを探ろうとしていたが、その前に答えを教えてくれる人たちがやってきた。

「おや、こんなところに人が集まって何をなさっているかと思えば」

低く笑う声がして、振り向けば小柄な老人が背後に妃嬪とその侍女を従えて廊下から庭のほうへと出てくる。老人の衣装は濃い紫。最上位の官吏が着る袍であり、頭には幞頭《ぼくとう》を被っている。白い眉と髭、深い皺を刻んだ顔は、まるで仙人のようだ。だが、その双眸はこの場の全員を観察するよう鋭かったため、全体としての印象は仙人にはほど遠く、老猾《ろうかい》に近い。

「あら、こんな場所にこれほどの人が揃うなんて、不思議なこと」

老人の後にいた妃嬪がそう言って笑う。その声は、小さな鈴の音のようだ。愛らしいのは声だけではない。目鼻立ちから小さめの唇、襦裙の上からでもわかる細く華奢な身体。

蓮珠の視線に気づき、ほんの少し微笑むのも優雅で美しい。

裙に描かれた蘭の花そのもののようだ、と思ったところで、蓮珠は姿勢を正す。蘭の花紋は、威妃と同じ妃の位にあり、芳花宮《ほうかきゅう》を賜っている呉妃《ごひ》の花紋だ。

その彼女が、蓮珠と、向き合っている女性の間に入ると、女性の前に跪いた。

「姉上様におかれましては、ご機嫌麗しく」

……姉上？

きょとんとしている蓮珠を見て、その妃嬪は自分の侍女の一人に威妃への説明をさせた。

「こちらの方は、鶯鳴宮妃余《よ》氏様でございます」

鶯鳴宮妃である余氏と言えば、英芳の妃として、かつてもっとも皇后に近い女性と言われた人だ。彼女であれば、たしかに義姉になる。そして、威妃に対して引かないのも頷ける。いかに皇帝の妃と言えど、姉妹の礼節は守らなければならない。この場合、引くべきは義妹である威妃のほうになる。

「大変な無礼を……」

蓮珠が慌てて礼をとるが、余氏は無言のまま身を翻すと四阿を出て、来た道を引き返していく。

これはまた敵を作ってしまったと肩を落とす蓮珠に、すぐ近くから声が掛かる。

「気になさらないことよ。余氏様は今も、ご自身が後宮で最も高い位置にいると思っていらっしゃるの。次期皇帝は夫である英芳様で、ご自身はいずれ皇后になると思っていらした方だから、今上帝の皇妃である私たちの存在がお気に召さないのよ」

冷静な見方をする呉妃は、一連のやりとりを黙って見ていた老人に微笑みかける。

「さすがにお父様の見ている場ではおとなしく引き下がられましたね。余家の方にとっては、呉大臣は天敵のようなものなのでしょうね……」

どうやらこの老人、呉妃の父親で、官吏としての蓮珠にすれば、その名だけしか知らない皇族並みに雲の上の存在、呉大臣のようだ。清廉潔白の厳しい人物として知られる古参の大臣である。呉家は相国の初代皇帝を支えた名参謀を輩出した家でもあり、国内で知らぬ者はいない名家。そして、呉家と余家は朝廷を二分する間柄であることも有名だ。

「ふん。余家もあてが外れて焦っているようだな。……そのせいか、色々とよろしくないことが続いている。お妃様方におかれましても、後宮内とは言え、充分にお気をつけになることです」

呉大臣は自分の娘も含めて妃への礼をとる。そして、顔を上げると視線を後宮の西北へと向けて言う。

「威宮でしたかな？　新たな秋宮《しゅうきゅう》は、かつての秋宮のように血塗られた歴史に彩られることがないよう祈っておりますよ。後宮に怪談話の舞台が増える一方では困りますからな」

呉大臣の言葉に、倒れてきた西王母像を思い出し、蓮珠は小さく肩を震わせた。

秋宮とは、皇后の宮殿を指して言う言葉だった。皇后という存在は、この後宮で最も華やかにして、最も闇を抱えた存在である。

はたして蓮珠は威宮を、なにごともなく本物の威妃へ引き継げるのだろうか。そんな不安が蓮珠の頭をよぎった。

夜半、すでに寝室に居た蓮珠を、今日の出来事を秋徳から聞いたらしい翔央が訪ねてきた。と言っても、夜遅くに城外から戻ってきた翔央は、かなり酔っていた。

「……というわけで、その場は収まりましたから問題ございません。それにしても、呉妃は本当にお美しい方でした。物腰にも気品が漂っていて……。主上、聞いていますか？」

「ん、たぶん」

さっきからとろんとした目でコクコクと頷いている。おそらくこちらの話は頭に入っていない。

「……全然ダメですね。水を飲まれますか？」

「助かる」

水差しから茶器に水を注ぐ。差し出した茶器を受け取った翔央は中身を一気に飲み干し、空になったそれを蓮珠に戻す。もう一杯よこせということらしい。

「酒量を考えず飲むなんて、新人官吏じゃあるまいし。いい大人が酔っ払うと恥ずかしいですよ」

「言っとくが、俺は酒に弱いわけじゃないからな。今夜は飲み勝負をふっかけられて、その相手が異様に強かっただけで……」

翔央の拗ねたように尖らせた唇に茶器を押し当てる。

「ハイハイ、どっちにしろ引き際をわきまえない飲み方はカッコ悪いです」

「厳しいな。俺の嫁は冷たい」

普段の完璧な皇帝演技からは考えられない、下手な泣き真似をする。甘やかしてほしい子どものようだ。しかも、妙にそれが似合っているのだから、始末に負えない。蓮珠は、可愛さに引きずられないように呆れ顔を作って、夫を叱る。

「そうとう酔っていますね。だいたい、強くないなら飲み勝負なんてしなきゃいいのに。いったいなにを賭けた勝負だったんですか？」

酔ったままではあるが、翔央がすっと表情を引き締める。彼は少し掠れた小声で問い掛けに応じた。

「叡明の行く先に関する情報」

これには蓮珠も背を正した。

「……知っている人が居たんですか？」

「いや。直接叡明の名前を出して探しているわけじゃない。叡明が消えた夜に、栄秋を出ようと馬車を頼んだ金払いのいい客が居なかったかを尋ねている」

「居そうなんですか？」

緊張しつつ、翔央に問う。だが、翔央はここで肩を落とした。

「そのあたり、もっと複雑な話が出てきそうだったので、もう少し詳しく知りたかったんだが」

「勝負をふっかけられたと」

「まあな。あの爺さん、酒代になりそうなネタだと思ったんだろう。負けたほうが酒代を払うことになっていたから。酒瓶三つも空にしたっていうのに……大損だ」

爺さん、と翔央が口にしたところで、蓮珠は「ん？」と首を傾けた。

「……それ、どこの酒楼です？」

「孫尚《そんしょう》酒楼。正店《ほんてん》でなく、虎狼《ころう》通りのほうの店だ」

「もしかして、頬のこのあたりに縫った跡がある白髪のおじいさん？」

「なんだ知人か？」

「ん〜、まあそうですね。わたしがお世話になった福田院からそう遠くないんですよ、その店。お小遣い稼ぎに厨房のお手伝いをしていたことがあるので、わたしが一方的に知っているだけですけど。にしても、主上、やられましたね。鄭爺《てい》さんはツケ飲みが滞ることも多いので、あのあたりの酒楼はどこでも鄭爺さんのお酒は薄めて出しているんですよ」

言うと、翔央が思い切り眉を寄せる。

「イカサマ師か！」

「本人が意図して薄めていませんから、バレたとしても店のせいにするんじゃないですか、知らなかったことにして」

翔央は蓮珠の寝台の端に上半身を投げ出すと、上掛けに顔を埋めて、ぶつくさと悪態をつく。

さっきまでその上掛けに自分がくるまっていたのだと思うと、口の端がちょっとむずむずする。これはどういう感覚なんだろうか。蓮珠は口元を両手で押さえた。

「そ、それなら、わたしが勝ちましょうか？　飲み勝負に……」

蓮珠が提案すると、翔央は顔を少しだけ上げて、眉を寄せた。

「簡単に言うな」

「簡単ですよ。まず、勝っても負けても酒代はこちら払いだと、最初から店の者に言う。これで鄭爺さんの酒が薄くなることはありません。その上で、わたしが受けます。幸いあちらは厨房で働いていたわたしの顔を知りません。当然、わたしがお酒に強いことだって知っているわけがない。きっと油断してくれますよ」

蓮珠は頬を押さえていた手を胸の前に置いて、背を軽く反らした。

「しかし、イカサマなしなら、俺でも勝てるだろう？」

蓮珠は上げた人差し指を左右に振って、翔央の甘さを否定する。

「いえいえ、鄭爺さんは、そもそも大酒飲みです。酒瓶は三つしか空にならなかったんですよね？　しかも、片方が薄めた状態で。最低でも二人で五は空けないと。まあ、鄭爺さんが本気になれば、二人で十は空きますけど。主上、一人で五瓶空けられます？」

「……それを言うってことは、お前はできるのか？」

「五瓶程度なら。わたし、御史台勤務の頃に行なった三対一の飲み勝負で、十二は瓶を空けたはずです。その半分だと六瓶ですから、大丈夫でしょう。あ、もちろん私が一のほうですよ」

三対一と聞いて、翔央が首を傾げる。

「なんでまたそんな勝負に？」

「新人官吏の女の子を酔わせようとしている同僚たちを見て、危ないなあと思いまして。彼らが彼女に出す杯を横からかっさらって、ことごとく空にしてやりました。いやあ、可愛い子だったから、みんなして狙っていて。もっとも、一昨年、結婚退職しちゃいましたけど」

　その邪魔してやった同僚と、何の因果か礼部でまた同じ職場になってしまった。しかも、相手はいまだに蓮珠を恨んでいるようだ。

「……お前、今後は俺が居ないところでその手の勝負すんなよ」

「なんでです？　わたしの生まれた白渓では、みんなお酒に強かったんですよ。そういう体質だから問題ないですよ」

「問題大ありだ。酔わされて、なにかあったらどうする？」

「わたし相手にそれを心配します？　『遠慮が無い、色気が無い、可愛げも無いで定評のある女官吏の陶蓮珠』ですよ？」

　三無い女官吏には『色気が無い』が入っている。誰が自分に対してそんな気を起こすのかと笑うと、翔央から思いのほか強い言葉が返ってきた。

「なにが定評だ。そんなもん、関係あるか。……あのな、お前が横からかっさらっても、その三人はずっと飲ませるのを止めなかったんだろう？　それって、お前も狙われていたってことなんだぞ」

　そんな風に考えたことは、これまでなかった。蓮珠は、いやいやと首を振った。

「いまだにネチネチ言ってくるような人ですよ？」

「なんだ、まだ繋がりがあるのか？　お前、もうそいつに近づかないほうがいいぞ。嫌な予感しかしない」

そう言われても、同じ職場なので避けようがない。

「う〜ん。心配しすぎじゃないですか？」

蓮珠は小さく唸った。

「心配してなにが悪い？　俺はお前の夫だぞ」

寝台の上、上半身を起こした翔央と目が合った。

「……そういうの、ズルくないですか？」

「なにがズルいんだ？」

国を相手に嘘をついているような人なのに、今のこの真剣な顔は、それこそ詐欺じゃないだろうか。さんざん、契約上の夫婦だというくせに。

「……なんだ、その顔は？」

蓮珠の顔を覗き込むように、翔央が顔を近づけてくる。

「え？　わたしどんな顔をしてます？」

思わず身を引き、両手で頬に触れてみる。冷涼な夜気はどこへやら、頬が熱い。だが、触れてみても、自分がどんな顔をしているかまではわからなかった。

翔央も身を引くと、椅子の上で立てた片膝に額を押し当てた。酔いが残っているからか、やたらと赤い顔の額に手をやっている。

「俺に言わせるな。……余計に頭が痛くなってきた。寝かせてもらうぞ」

言うと同時に翔央は、再び上半身を寝台に投げ出した。

「……この部屋で寝るんですか？」

返事がない。軽く肩を揺すってみる。

「……主上？」

もう寝てる。寝付きがいい。そういえば、武官っていつでもどこでも寝られないと勤まらないって誰かが言っていた。

せめてちゃんと身体を寝台に上げたほうがいいだろうか。このまま寝てしまっては、苦しいのではないだろうか。でも、起こしてしまったら悪いし……。

寝台は広いし、福田院時代には男女関係なく雑魚寝してた時期もあった。同じ寝台の端に彼が寝ていても、蓮珠的には支障ない。

「うん、ぜんぜん気にすることじゃない……よね」

蓮珠は自分に言い聞かせると、翔央の身体が冷えないよう薄布を彼の肩に掛けた。

目を閉じているから眼光鋭い印象が消えて、幾分やわらかな表情にも見える。ただ、目元のあたりに少し疲れが出ているようだ。

「お忙しそうだもんなあ」

今上帝は、すべての上奏文に目を通し、自身で裁可を下す——と言われている。その身代わりである翔央も、皇帝としてずっと玉座から百官を見下ろしていなければならないのだから、精神的にも疲れているのだろう。

幼い頃、妹にしてやったように、眠る翔央の頭をそっと撫でる。

「どうか、ぐっすり眠れますように」

小さく祈って、蓮珠も目を閉じた。

まぶたの裏に日の光を感じて目を覚ました。スッキリした目覚めに、蓮珠は良く眠れたと鼻歌混じりに伸びをした。

だが、少し離れたところから咳払いがして、慌てて上げた腕を下げる。見れば、寝室の壁際に置かれた長椅子に翔央が居た。蓮珠は夜着の襟元を整えながら尋ねた。

「主上、起きていらしたんですか?」

「お前が、ようやく起きてきたんだよ。何度声を掛けても起きないから、どこか具合でも悪いのかと思ったくらいだぞ」

呆れ声も良く通る。自身の声で頭痛を訴えないところを見ると、いつもの快活な武官翔央のものだ。昨夜の酒はすっかり抜けたらしい。

「あはは……。いや、でも、ずっとこうじゃないんですよ。むしろ慣れない寝台のせいか眠りは浅かったんです。だけど、昨夜は、久しぶりにぐっすり眠れたから、つい……。元々、毎朝妹にたたき起こされているような寝起きの悪い人間なので、説得力ないかもですけど……」

だんだん声が小さくなる。疲れている翔央の横で、さんざん眠りこけていたとは。蓮珠は恥ずかしさに俯く。さすがに叱られるかと思えば、翔央は盛大なため息をついた。

「そっちかよ。……まったく、なんで俺が居るときのほうがぐっすり寝られるんだよ。普通、逆だろ」

翔央がぶつくさと言っているところに、秋徳が部屋の外から声を掛けてくる。

「朝食はお部屋にお持ちいたしますか？」

翔央はこれに答えず、長椅子を立つと部屋の扉を開けた。

「俺はいらん。すぐに金烏宮に戻る。……そこにいるさんざん眠りこけていた妃は食べるだろうから用意してやれ」

扉の前にいた秋徳に命令だけ残して、さっさと行ってしまう。秋徳が慌てて見送りに後を追う。

蓮珠は寝台の上で突っ伏した。

「う〜、寝汚《いぎたな》くて怒られたあ……」

「色々な意味で寝過ごされてしまったようですね」

蓮珠の着替えのために寝室に入ってきた桂花がクスクスと笑いながら言う。

「……色々な、とは、具体的にどういう意味でしょうか？」

蓮珠の問いに、桂花はただ微笑むだけで、答えてはくれなかった。

今後は、朝ちゃんと起きて、妃らしく過ごそう。そう誓って数日、後宮で妃らしい行事が催された。妃が祭事等で着用する衣装用の絹織物が配られる会だ。

後宮の妃が祭事で着用する衣装は国から支給されることになっている。これは出自の差による無益な争いを防止することを目的としていた。

妃たちの衣装は位によって、色と使っていい花紋が決められている。これに簪や腰帯などの装飾品に関する規定が加わり、遠目であっても見る人が見れば、どの位の妃であるかがすぐにわかるようになっている。

威妃が賜るのは、淡い青味を帯びた白の地に、艶花宮の花紋である芍薬の刺繍が施された絹織物だ。

これまでの婚礼衣装や威宮で着ている衣装は、元々本物の威妃のために仕立てられたものを、蓮珠が着られるように直してもらっている。だが、今回配布される絹織物に関しては最初から蓮珠の身体に合わせて衣装を仕立ててもよいと翔央からお許しをもらっていた。威妃は最後に入宮したため、妃位の最後に賜ることになっている。順番を待つ蓮珠は期待に高鳴る胸を両手で押さえた。

「……自分だけのために絹で衣装を仕立ててもらえるなんて」

初めてのことで、つい頬が緩む。それというのも、官服は男女同形同色の面白味のない長袍である上に、基本は退職官吏のお下がりをもらうことになっているからだった。新品の官服を賜ることができるのは最上位の官吏だけだ。国家予算の節約の荒波は中下級官吏を飲みこんでいるが、さすがに後宮には及んでいないようだ。

「清楚な色合いでございますね。きっとお似合いになりますよ」

遠目に絹を見てそう言ったのは、本日の会に付き添ってくれた紅玉だった。常に冷静で物静かな紅玉には珍しく、声が喜色を含んでいる。

「紅玉は本当に絹物が好きね」

官吏街道まっしぐらで、女性らしいと言われる分野に無縁の蓮珠とは異なり、紅玉は裁縫や刺繍、機織りを得意としている。威妃のための衣装を蓮珠が着られるように直してくれているのも彼女だった。

「美しいものを嫌いな者が居りましょうか？」

はしゃいでいるのが気恥ずかしいのか、紅玉は少し頬を赤らめて返す。その彼女を伴い、絹を受け取りに前へ出ようとした蓮珠の背後に、誰かが立った。

「同様に美しくないものは見たくもないわね」

振り返る前にそう頭上から険のある声が落ちてくる。

「人前に顔を出せないような者に、あの絹織物は相応しくないのではなくて？」

振り返ると、頭半分高い位置から蓮珠を見下ろしているのは鶯鳴宮妃余氏だった。義姉である。ここはどう返せばいいのか頭を巡らせる蓮珠をそのままに、余氏は前へと進み出ると蓮珠が受け取るはずだった絹織物を自ら手に取った。

「あ……そちらは……」

配布を行なう太監がなにごとか言おうとするのを視線で制した余氏は、手にある絹織物を侍女の一人に持たせ、別の侍女を視線で促す。進み出たその侍女が持っていたのは、芍薬どころかなんの刺繍も入っていない、ただの真っ白な絹布だった。花紋は宮を持つ者の証である。それが入っていないということは、無位の妃の扱いを受けたということだ。

「貴女のために作らせたの。……よく似合うこと」

蓮珠は、抗議しようとする紅玉を片手で制して、深く一礼する。

ここは、おとなしく義理の姉に従うことにした。騒ぎを起こせば、義姉に逆らった生意気な女性として威妃の悪印象がこの場の人間たちに残ってしまう。それは、身代わりの妃として、やってはいけないことだからだ。

「……ありがたく、ちょうだいいたします」

蓮珠は威妃として、義姉を立てた。周囲から安堵のため息が聞こえる。この緊迫した場面を終わらせたことは正しかったのだと、蓮珠は思った。


この判断が、その後に続く事件の大きな分岐点であった。

だが、この時の蓮珠にそんなことがわかるわけもなく、悔しがる紅玉を宥めて押しつけられた絹織物を持たせ、威宮へと戻った。


翌日、蓮珠は、今度こそ絶対他の妃嬪と衝突しまいと、宮を出ないと決めた。そして、代わりにこれまでの散策の結果を形に残そうと、後宮の建物配置図を描いていた。

その彼女の元を、厳しい表情をした翔央が訪ねてきたのは、昼下がりのことだった。

「何事ですか、主上?」

「昨日配られた絹はどこだ?」

ぶつかりそうな勢いで蓮珠の前に立った翔央は、蓮珠の周囲を見回し問い質した。

「紅玉さんに仕立てをお願いしました」

「紅玉は……入り口で会ったな、無事だった。秋徳、気をつけて回収しろよ」

「御意」

秋徳が足早に紅玉の元へ戻っていく。状況の読めないままその背を見送る蓮珠に、翔央が小声で言った。

「鶯鳴宮で女官が死んだ。絹に毒針が仕掛けられていたそうだ。今、配布されたすべての絹の回収を命じたところだ」

「鶯鳴宮……」

「ああ。英芳兄上の宮だ。……どうした?」

蓮珠は思わず開いてしまった口を両手で覆う。それを見た翔央が片眉を器用に上げた。

「……主上、申し上げなければならないことが」

蓮珠は、昨日の出来事をかいつまんで翔央に説明した。聞き終えた翔央は、この宮を訪れたときよりもさらに厳しい表情を見せた。

「なるほど。……お前の絹を余氏が横からかっさらっていったということか。なぜ、俺にすぐ報告しなかった？」

「申し訳ございません。後宮特有の問題だと考えておりました。後日、なにかの折にお話しすれば済む程度のものと……」

女同士の諍《いさか》いは後宮ではよくある話だ。余氏側から具体的な暴力を受けたというわけではなかったので、すぐ翔央に報告するようなことだとは思えなかった。そのため、翔央が威宮に来たときに話せばいいと軽く思っていたのだ。

蓮珠は、その場に跪き、床に額《ぬか》ずいた。これに対して、翔央は頭を上げろとは言わずに言葉を続けた。

「なにを報告し、なにを報告しないか。それは、お前の判断するところではない。後宮は警備の厳しい場所だが、敵味方がわかりにくい場所でもある。万が一にも我が国の皇城内で威妃になにかあれば、どうするつもりだった？」

「……申し訳ございません」

蓮珠は、そう繰り返すよりなかった。遠慮のない蓮珠は、同僚にやっかまれることが多く、嫌がらせもたくさん受けてきた。そして、それらを適当に受け流すことにも慣れてしまっていた。

現状、威妃の身になにかあれば、戦争の口実を威国に与えることに繋がる。そもそも戦争を避けることが、身代わり妃である蓮珠の仕事のはずだった。蓮珠の床についた指先が小刻みに震えた。

「問題は報告の有無だけではない。威妃、良く覚えておけ。お前に対する無礼は、皇帝に対する無礼に等しい」

妃の皇帝への関わり方や他の妃への態度には、その実家の政治的立場や考え方が出るものだ。翔央には、上に立つ者として、周囲の考えを見定めようとする意識が備わっている。この人が政治のわからぬ者だと噂されているなんて、とんでもない誤解だ。

「英芳兄上の妃であっても、それは同じことだ。許すべきではない。威妃は皇帝の妃であり、いずれ皇后になることが約束されている身だ。相国内のすべての女性にとって比類なき存在でなければならないんだ。お前は己が誰であるかを忘れるな。勝手に自ら遜《へりくだ》ることは許されないこともな」

翔央は、蓮珠に威妃の完璧な身代わりになることを要求している。女官吏陶蓮珠としての意識を捨てろと言っている。だが、翔央に染みついた皇族の意識があるように、蓮珠にも染みついた下級官吏の意識というものがある。それが、蓮珠の『勝手に自ら遜ってしまう』ことに繋がっている。威妃らしくなければならないと、これまでも頭ではわかっていた。しかし、心の反応までは簡単に変えられないのだ。

蓮珠はどう言葉を返せばいいのかを悩み、跪いたまま動けずにいた。そこへ絹織物を秋徳に渡した紅玉が入ってくる。

「僭越ながら主上、威妃様にも後宮でのお立場がございます。あの場で余氏様に従わねば、他の妃嬪から姉妹の道理をわきまえぬ者とそしられます」

紅玉の言葉を、翔央は冷たく一蹴した。

「本当に僭越だな、紅玉。お前も含め、勘違いしているようだから言っておくが、この後宮で威妃が本当に『立場』を得るなら、周囲との間の波風など気にしていてはいけない。……父がなぜ威国公主をいずれ皇后にするとおっしゃったかわかるか？」

「威国との盟約によるものでは？」

問いかけに顔を上げた蓮珠がそう応じると、翔央は手近の椅子に腰を下ろしてから首を振った。

「いいや。向こうは、公主をいずれかの皇子にただ嫁がせればいいとしていた。むしろ、皇帝の妃となれば、和平が破綻したときに面倒だ」

「では、なんのために？」

「簡単だ。相国では、威国の人々を『高大民族ではない蛮族』と見ているからだ。ただ嫁いできただけでは、周囲はいずれ威国公主を潰す。だから、潰されない位を与える必要があったんだ」

蛮族なんて、そんなこと今時……と、すぐさま否定できない。この国の人間は、かつて大陸統一を果たした高大帝国を継ぐ者は自分たちだ、というある種の民族意識が強い。官庁で仕事をしている蓮珠は、顕著にそれを感じる。例えば、いまだに多くの官吏が威国語を習得しようとしない。威国の者が相国語を学べば良いことだと平気な顔で言うのだ。

「現状、この後宮に威妃の立つ場などないんだ。自ら作らねばならない。それには、存在を主張するよりない。わかったな。……秋徳、先触れを出せ。ことが威妃を狙っていたものだというなら、調べる方向が違ってくる。李洸を呼んでこい」

秋徳に命じると、翔央が蓮珠を振り返った。その目が、蓮珠を射貫く。強く威圧感のある目をしている。これは皇帝のフリなどではない。彼自身が持つ圧力だ。

「ここまでのことになった以上、これまで適当に流してきただろう妃嬪間のイタズラも細かく見直す必要がある。お前は、しばらく威宮を出るな。これは命令だ。威妃としてその身に起こったことを事細かに書き出せ。……皇妃暗殺は未遂であっても大罪だ、見過ごすわけにいかない」

言葉それ自体が重さを持っているようだ。重圧に耐えきれず、蓮珠の頭が自然と床につく。翔央が宮を出て行くまで視線を上げることさえできなかった。

床に置いた指先が冷たい。女官を死に至らしめた毒針は、蓮珠が賜るはずの絹織物に仕掛けられていたらしい。もしかすると、死んでいたのは自分かもしれない。

絹を受け取った妃嬪は、宮に帰れば誰でもまず我が身に絹を当ててみて、侍女に見栄えを問うものだ。あれを宮に持ち帰っていたなら、蓮珠もそうしていただろう。つまり、今この時に骸《むくろ》となっていたのは、蓮珠だったかもしれないのだ。

指先どころか身体までもが固まったように動かなくなる。

恐怖にか、憤りにか。恐怖であるなら、なにに対する恐怖なのか。死への恐怖か。あるいは、翔央への恐怖か。

それは蓮珠にもわからなかった。

第四章　偽りの花、華鳥を揺らす

城内に良くない空気が漂っていた。

翔央に呼び出された蓮珠は、紅玉と秋徳を伴って皇帝の執務室がある璧華《へきか》殿へと続く廊下を急いでいた。璧華殿は、叡明が即位前、まだ喜鵲《きじゃく》宮を名乗っていた頃に使っていた建物をそのまま執務室にしてしまったという経緯がある。奉極殿のように政務の場として人が集まることを前提としていない造りのため、廊下も狭い。

その狭い廊下で執務室を出入りする官吏たちとすれ違わなければならないのだから、蓮珠としては冷や汗ものだ。内殿まで入ることを許されているような高官と直接の面識はないが、用心に越したことはないので蓋頭は外せない。

そして顔の見えぬ相手に対しては、人というのは好き勝手を言う。

「例の話聞いたか？」

「後宮で死んだ女官のことだろ。……威妃を庇ったらしいじゃないか」

なんだか美談になっている。

「西王母像の件と言い、良くないことばかり起こる。威の者など城に入れたか……ヒッ」

なにごとかと斜め後ろを見れば、秋徳が文官に近づき睨みつけている。

「紅玉さん、止めて」

蓮珠は後ろを歩いていた紅玉に小声で言う。だが、人が集まってくる様子に彼女も足を踏み出せずにいた。

「どうしましょう。こんな場所で騒ぎを起こせば、主上のご迷惑に……」

蓮珠は紅玉が持っていた威妃のための日傘を手に取ると、開いたまま廊下を転がした。

「傘が風に！　どなたか傘を取ってくださいまし！」

蓮珠が作り声を上げれば、その場の人々の目がいっせいに傘を追う。慌てて走り出す者までいる。命じられる声に反応してしまうのが官吏の習性というものだ。

「紅玉さん、今のうちに」

蓮珠はこの隙に、紅玉に秋徳を回収させる。

「小賢しい知恵を働かせよって、女狐め」

紅玉が離れて一人になった蓮珠の背に、どこからかそんな言葉が投げられる。

蓮珠は蓋頭の下で目を閉じ、言葉を飲み込んだ。少しでも反応すれば、騒ぎが長引くだけだ。この場をさっさと通り過ぎてしまうほうがいい。

本当に良くない空気だ。人の群れは時に負の感情を肥大化させる。まるで宮城全体が、威妃という異物を排除しようとしているみたいだった。

翔央の居る皇帝執務室で椅子に腰掛けると、蓮珠はため息とともに飲み込んだ思いを口にした。

「亡くなった女官は、最期まで余氏様に尽くしたのに、わたしを庇ったなんて言われるのでは、浮かばれません！」

「不機嫌そうな顔をしていると思えば、そんなことを考えていたのか」

目を通していた書類から顔を上げ、翔央が苦笑いを浮かべている。

「そりゃあ、禍《わざわい》を呼ぶ妃なんて、ずいぶん好き勝手言ってくれると腹立たしく思ってますよ。けど、そんなのはどうでもいいんです！」

蓮珠は勢いよく椅子を立ち上がり、握りしめた右手を天井へと振り上げた。

「だって、一連のことは、西王母の怒りでも歴代皇后の怨嗟《えんき》でもなく、あくまで人間のしたことでしかない。なら、ことは単純じゃないですか。犯人を捕まえて、女官の墓前で謝らせます！」

「……誰もがお前ぐらいにまっすぐだと楽なんだが」

蓮珠は小さく肩を震わせて笑う翔央を睨んだ。

「それどういう意味です？」

「ああ、怒るな。……こういうことだ」

翔央は蓮珠の前に、十枚ほどの紙を並べた。

「今回の件は自分のしたことだと書かれたものだけで六枚、威妃を襲うとの予告が三枚、他は排斥の訴えだな」

なんとも警戒心しか抱かせないような説明だった。気が進まないものの、目の前に並べられては読まざるを得ない。怪しい文書を右端からひとつふたつと手にとって読む。左端の文書を読み終えたところで、蓮珠は理解し難いと額に手をやった。

「……なぜ、みんなして自分がしたことにしたいのでしょう？」

「ほう。全部犯人からのものじゃないとわかるのか？」

「筆跡が嘘をついています。襲う予告とやらも本気ではないようです。排斥の訴えだけは本気のようですけど」

「なんだそりゃ？」

翔央の疑問に執務室の奥に置かれた衝立の向こう側から、地を這うような声が答えた。

「姉の特技です」

蓮珠が声のしたほうを覗くと、書類の山に埋もれるようにして、見慣れた顔が筆を動かしていた。

「筆跡から相手の企みを読み取るんですよ、姉は。いつ頃からか私の筆真似にも騙されてくれなくなったんです」

「翠玉《すいぎょく》！　そんな奥で、なにしてるの？」

問いかけに顔を上げた妹の翠玉をよくよく見れば、見慣れた顔に見たこともないほどの疲労が浮かんでいた。

「決裁書類に署名してるの。ありがたくも主上の御名を……何百回も」

万が一、皇帝不在を知らぬ者が入ってきても見つからないように衝立があり、その向こう側でひたすら署名していたらしい。蓮珠の声がしたものの、誰と一緒かわからないから黙っていたそうだが、会話の内容的に事情を知る者しかこの場にいないと判断したのだという。それにしても、なかなか過酷な労働だ。

「翠玉、お姉ちゃんが替わろうか？」

そう言って椅子から腰を浮かせた蓮珠の横に影が立つ。見れば、両手に書類を抱えた李洸だった。

「そんなにありがたがっていただけるなんて、大変助かります」

書類の山に、新たな決裁文書を重ねる李洸の顔も、いつものように笑ってはいるが、目の鋭さが幾分弱い。

「疲れてますね、李洸さんも」

「主上不在中の方針が決まるまで、数日間も決裁処理が完全停止していたんですよ。そのせいで、溜まっていたものをとにかく進めなければならなくて」

「……今日だけで百五十二回署名してる。お姉ちゃん、あれやって〜」

「しょうがない子ね」

肘から指先にかけて揉んでやる。これは代筆に疲れた翠玉が蓮珠にいつもおねだりすることだった。

「はあ〜、気持ちいい！」

こういう時の顔は、幼い頃のままだ。しかたないなあ……と思いつつも、どこかで甘やかしたい自分もいる。蓮珠はつい緩む頬を引き締めて、李洸の部下の一人に声を掛けた。

「これだけ決裁処理するのでは、他の方々も大変ですね」

「それぞれが担当分を処理しています。翠玉殿に署名していただいたら、お手すきのそちらの方に、戻す部署ごとに書類を分けていただいているのですが、これがなかなかお時間がかかるようでして……」

「無茶言うな。俺は武官だぞ。パッと見ただけで、どこの部署からの文書かなんてわかるわけないだろう」

渋い顔で応じる翔央に向かって、蓮珠は勢いよく挙手をした。

「はいっ、それなら、決裁済み書類を振り分けるのは、わたしがやります！　暇ならわたしもあります！」

「お断りします。さすがにお妃様がこんな男ばかりの部屋に長時間いらっしゃることは問題です」

李洸がきっぱりと言った。

「でも、翠玉だって居るじゃないですか。それに、わたしは本物の妃なわけじゃ……」

「いえいえ。契約であれ、翔央様とご結婚された以上、貴女も『本物の妃』ですからね」

「え……あれ……？」

「だいたいにおいて、表向き翠玉殿はここにいないんです。皇帝の署名はご本人がされていることになってますから。それに比べて、貴女は後宮の奥から出ていらっしゃる。表向きで言えば、後宮の妃が昼日中の皇帝執務室に頻繁に出入りしていることになるわけです。ただでさえよろしくない人々の心証を、さらに悪くしてどうするんですか」

疲れている李洸は容赦ない。精彩を欠く笑みと鋭さを失った目を向けられると、もはや蔑まれているような感じが強くなる。

「そのような表情で、妃なのだからと言われましても。あっ、陶蓮珠として働くとか？」

「貴女、自宅謹慎中ってことになっているんでしょうが。そもそも下級官吏が皇帝執務室に入れるわけないでしょう」

「じゃ、じゃあ、女官の格好でここに来るというのはどうでしょう！」

翔央がこらえきれずに吹き出し、大声で笑いだした。李洸はこれを窘《たしな》める。

「そのような笑い声を上げては、叡明様でないのがバレますよ」

「すまんすまん。秋徳あたりが笑っていたことにでもしてくれ」

謝りながら翔央は表情を引き締める。

「李洸、やらせてやれ。俺の嫁は、どうやら働いてないと息もできなくなる体質らしい。威宮には、こいつの作った後宮の建物配置図があってな、抜け道、屋根や廊下の修繕必要箇所、物置化されている空いてる宮、倉庫の目録と中身の差異まで、事細かに書き込まれている。今後の皇城内警備や修繕計画の立案に役立ててほしいそうだ。仕事熱心だろ？こっちでもいい仕事しそうじゃないか？」

「貴方は、自分が楽をしたいだけでしょうが」

李洸は呆れた声で言ってから、蓮珠のほうを見ると、その物騒な建物配置図は回収すると説教が始まった。曰く、手に入れる人間によっては、よからぬことを企てるのに役立ってしまうからだ。

「そう目くじら立てんなって、李洸。だいたい、お前たちだって、俺に決裁済みの書類を仕分けさせるより、ずっと楽になるだろ。幾つもの部署を渡り歩いてるんだ、この場の誰よりも実務をわかっていると思わないか？」

これに李洸が片眉をぴくりと動かした。

「この場の誰よりも……ですか？　なら、お手並み拝見といきましょうか」

李洸が決裁済みの紙の束を蓮珠に差し出す。いつも以上に笑顔が怖い。相国最高の官吏と言われている李洸としては、蓮珠が『この場の誰よりも実務をわかっている』と評されたことが気になるようだ。

「は、はい、やらせていただきます！」

李洸の双眸から放たれる圧力が強い。蓮珠は緊張する両手で書類を受けとった。これに、翔央は、してやったりと言いたげな悪い顔をして見せた。

そして、この忙しい部屋で唯一の暇人となった彼は、怪文書を卓上に並べると『筆跡なあ……』と呟きながら見比べる。

「……で、我が有能な妻よ、これらで他になにか気づいたことはあるか？」

「そういえば、一枚変なものが入ってました」

問いかけに答える間も、蓮珠は手元の書類をどんどん仕分けていく。

「変なもの？」

蓮珠はいったん手を止めて、翔央の前に並べられたままの犯行声明や脅迫文の中から一枚を選び取り、彼に差出した。

その内容は、『威妃は自身を護らせるため、威国から軍を呼び寄せようとしている。だが本当の目的は、軍を招き入れて相国を倒すことだ。そもそも一連の事件は、これらを狙った威妃の自作自演である』と、講釈師の語りぐらい、作り事に溢れてる。

「これです。内容が過激なわりに、筆が淡々としてるんですよ」

「これも筆跡が嘘をついている？」

「いえ。こういう嘘をつく人は、多少書いてることに酔っているような印象の筆跡をしているんです。自分は救国の英雄だと思いこんでいるような、とも言えます。これには、それがない……。たぶん、これを書いた人は、誰かの命令で言われたとおりに書いただけなのではないでしょうか？」

「わざわざ命令して書かせた者が居るということか。なんのために？」

「そこまでは読みとれませんよ。それを調べるのは、皇城司の方々のお仕事でしょう？」

「皇城司か……。連中、西王母廟での件からこっち、犯人挙げに躍起だ。変な方向に走らないといいんだがな」

この種の懸念に限って、そのとおりになってしまうものだ。不吉な予感を払拭すべく、蓮珠は翔央の言葉に同意は示さず、ひたすら決裁済み書類を仕分けた。

だが残念なことに、この手の不吉な予感ほど、よく当たるものだったりする。

蓮珠の提案によって、三日も経たずに皇帝の執務室内では非常にすばらしい流れ作業環境が整えられた。ただし、一名の暇人を除いてである。

蓮珠は桂花と紅玉の手で、威妃にも女官吏陶蓮珠にも見えない女官姿に整えてもらい、堂々と威宮を出て皇帝執務室へ向かう。表向きは、威妃の侍女が主からの手紙を皇帝に届け、その返信をもらって戻る仕事をしている、ということになっている。

「さすが色んな部署を経験されているだけあって、仕分けが細やかな上に早いですね」

李洸に仕事を評価されるのは素直に嬉しい。蓮珠は「もっとがんばらせていただきます」と答え、新たな決裁済み書類の山に手を伸ばした。

「いや、本当に助かります。この調子なら、翔央様も朝から晩まで酒楼を飲み歩けるのではないですか？」

李洸が言うと、ほぼこの場にいるだけで暇をもてあましている翔央が眉を寄せた。

「人を遊び人のように言うな」

のんきに続く会話に、衝立の向こうから声が入ってきた。

「なにごともなければ、今夜は久しぶりに自宅の寝台でゆっくり横になれそうですね」

翠玉本人は安堵の息とともにそう呟いたわけだが、その瞬間、彼女以外の全員が顔を見合わせた。文官も武官も、このあたりの感覚は共有しているらしい。

「……翠玉、その手のことは思っても口に出しちゃダメ。だいたい、なにごとか起きちゃうから」

蓮珠が妹を諭したところで、執務室の外に控えていた警備の者が、扉をたたいた。

「主上、毒針を仕込んだ者が捕まったそうです！」

「…………………どこのどいつだ？」

反応に間があったのは、全員が思わず翠玉のいる衝立のほうを見たためである。

「それが、例の絹を納めた稜錦院《りょうきんいん》の者たちが……」

稜錦院は、官営の紡績工房で、主に皇族、大臣、高官などが使用する高級な絹織物を生産している。場所も宮城内にあり、国内でも一流の腕を持つ職人たちが集められていた。

蓮珠は稜錦院の者と直接会ったことがある。礼部に異動になったばかりの頃、儀礼で使う衣装に関して予算と仕上がりの問題で対立したことがある。彼らは一様に職人意識が高く、絹織物としての出来映えを第一とし、予算を考えようとしない者ばかりだった。

「彼らは自分たちが生み出す絹織物に誇りを持っています。そんな彼らが、毒針を仕掛けたりするでしょうか？　そもそも彼らは、どこから今回の毒を手に入れたと言っているんですか？　稜錦院の工房は宮城内。彼らは端布どころか糸一本持ち出すことも許されません。同様になにかを持ち込むことだって許されず、宮城の通用門の出入りでは厳しい検査を受けているはずです！」

威妃の剣幕に、報告に来た者が後ずさる。これを見て、翔央が片手で制した。

「伝令の者を叱りつけるな。彼らは知らせに来ただけだ」

「で、ですが、主上、今回の件は彼らではありません！　もし、わたくしが憎いのであれば、婚姻儀礼で西王母像なんて管轄外のものを倒してないで、婚礼衣装に毒針を仕掛ければ済んだ話です。今回の件ではたまたま絹布に仕掛けられていたと考えるほうが妥当ではありませんか？」

「言われるまでもない。李洸、刑の調査は通常どおりの手続きを踏ませろ。死刑相当のものは、必ず大理寺《だいりじ》にあげるように言え。特例で処断させるな。急げ！」

頷いた李洸が部下を伴い執務室を出ていく。

相国の司法は、歴代王朝に比べて厳密だ。特に死刑はできるかぎり避けるため、必ず州府以上の判断を仰ぐことになっている。州で判断が難しい案件は、中央の司法機関である大理寺にあげられる。さらに大理寺の審議は、最終的に皇帝に報告されて採決されるのだ。

だが、これらは法典に明文化された事案を処分する際の流れであって、これら法典では処分ができないような事案は『詔勅《しょうちょく》』として発布し、即時対応するようになっている。

詔勅は、即時対応が必要なときに出されるため、皇帝本人でなく皇族でも発布可能としていた。というのも、皇帝が幼くして帝位に就いた場合などでは、本人の判断だけで事案処理が進まないためだ。

「今回のような件もある。やはり、皇族による詔勅発布は条件付きにすべきではないか」

翔央は渋い顔をして言うと、椅子から腰を上げた。

「秋徳、衣服を整えるから手伝ってくれ。……皇城司の職務に文句を言ったんだ、早晩英芳兄上が怒鳴り込みに来るだろう。その前に、叡明になっておかないとな」

この辺りは、懸念でも予感でもなく、二番目の兄の性格を熟知したうえでの確信らしい。身分がどれほど高くても兄弟喧嘩はするんだなあと、蓮珠は胸中で場違いな感想を呟いた。

皇帝の衣装に着替えた翔央は、執務室のある璧華殿でなく虎継殿で兄と対面した。あえて、虎継殿を選んだのは、璧華殿では私的に兄弟が会見しただけになるが、虎継殿であれば皇帝と臣下という表向きの立場で会見したことになる。さらに言うなら、虎継殿のほうが広い場所で対面することになり、警備の者をより多く入れられる。

「お前、俺になにか含むところでもあんのかよ！」

英芳は皇族としての立場上、皇城司を統括する役目を与えられている。そのため、今回の捜査も名目上は英芳が中心となって行なわれた。その結果に対して、皇帝からの制止命令が入り、さらに会見を申し込めば虎継殿を指定されたわけで、当然のことながら英芳としては気に入らない状況であった。

「だいたい、なんだってその女までここに居る？」

玉座には皇帝、その傍らに今はまだ妃の一人でしかない威妃が控えている。そのこともまた英芳を苛立たせていた。

蓮珠は虎継殿に来るように言われた時、これを予想し反対したのだが、翔央は、稜錦院の者が犯人ではないと言い出したのが蓮珠なのだから、説明や反論も自身でするように説得されたのだ。

「兄上、これは通常の手続きです。我が国の法典には死刑にあたる案件は中央にて再調査を行なうこととあります。これは太祖がお決めになったことです」

「再度調べて恩情でもやるつもりかよ？　皇族殺しは大罪、一発死刑だろ」

虎継殿には、翔央と英芳の他には、蓮珠と警備の者たちしかいない。そのせいか、こちらの狙いに反して英芳は、いつも以上に弟と話しているだけという空気を出している。臣下として皇帝と対面しているとは思えない、荒っぽい口調だ。

なお、李洸らは現在再調査のため奔走している。おそらく、今夜も自宅の寝台でゆっくり横になることはできないだろう。

「彼らが犯人だとは思えません」

蓮珠が言うと、英芳は皮肉の笑みを浮かべた。

「あん？　……自分が狙われたってのにずいぶんとお優しいな。それともなにか？　噂どおり、これはお前の国が仕込んだ自作自演か？　犯人が哀れになったか？」

挑発だとわかっていても、嫌悪の感情が先立つ。蓮珠が思わず身を前のめりにさせたところ、英芳もつかみかかろうと手を伸ばしてきた。その間に翔央が手を差し出し、両方を制止する。

「兄上、おやめください。貴方の力では、彼女の手が折れてしまう」

「ふん、叡明。お前はずいぶんと妃に甘いな」

小馬鹿にする英芳に対して、皇帝は冷笑を浮かべる。

「西王母像の件での兄上の対応が甘いから、今回のようなことが起きたのでは？」

皇帝自らが処分に制止をかけたことで、即時処分は停止できた。李洸からの報告では、稜錦院の者たちは無実を訴えている。実際、皇城司が調べても毒物は出てこなかったし、毒の入手経路もたどれていないようだ。

「そもそも稜錦院から宮城に絹織物が納められる際には、一枚一枚広げて状態を確認します。確認済みのものは宮城側の者が箱に収めて、こちらで管理することになっているはずです」

蓮珠は礼部で得た知識と経験を総動員して、英芳に反論を試みた。

「へ〜、この国の事情をよくご存じなこった。あんた、本気でこの国を盗りに来たんじゃねえだろうな？」

英芳が怪しむ表情で一歩二歩、蓮珠のほうに歩み寄る。

「ま、まさか。……主上に伺ったんです。ね、主上？」

慌てて玉座のほうを見上げたところで、英芳は鼻を鳴らす。

「お前らがなにを知ってようと知ってまいと関係ねえ。だいたい、俺は帝位をかっさらっていった奴らがどうなろうと知ったこっちゃねえんだよ。だがな、今回死んだのは、俺の妃の侍女だった。それも、入宮前から仕えてた者だ。……今回の件、被害者はこちらだろうが。部外者は黙ってな」

黙っていろと言われて黙るなら、三無い女官吏の最初に『遠慮が無い』などと入らない。今度は翔央が制止するよりも早く、蓮珠は口を開いた。

「ならば、ならばこそ、彼女のために本当の犯人を捕まえるべきです！　このままでは、彼女がなんのために死ぬことになったのかわかりません！　それでは、残された者は悲しみのやりどころがありません！」

蓋頭越しの睨み合いだが、視線が合っているように思えた。

「……さんざん、この相国を苦しめてきた国の公主であるあんたが、それを言うか？」

これには、すぐさま玉座から反論があった。

「今は彼女も相国の者ですよ」

英芳は無言になると、蓮珠のほうを見る。蓋頭を被っているのだから相手からは顔が見えないはずだとわかっていても、睨みつけられている感覚だけで充分に怖い。この場を逃げ出さずにいるのが精一杯だった。

「そこまで言うなら、狙われてるあんたが犯人を捜し出せよ」

長い沈黙の後、英芳はそれだけ言って身を翻すと、虎継殿を出て行った。


壁華殿の執務室に戻ると、蓮珠は翔央に謝罪した。

「出過ぎた真似をしました」

「本当に遠慮のないやつだ。相手は曲がりなりにも皇帝の兄だというのに」

衣服を改める衝立の向こう側から、翔央がため息混じりに言った。

「ですが……、偽物の首など墓前に置かれても、残された者の憤りが鎮まるわけがない。亡くなった女官、罪なき稜錦院の者たち、誰一人幸せになれません」

蓮珠は自分の足下を見た。見慣れた官服の直線的な裾でなく、長裙《ちょうくん》の細やかなひだが床に拡がっている。顔を動かすたびに視界の端で揺れるたくさんの髪飾り。それらが奏でる白金の触れ合う涼やかな音。ずいぶん違う場所にいるという感覚が拭えない。

「……わたしは、白渓で生まれました。戦争で親を喪い、妹と二人だけで都へ来ました」

「ああ、知っている」

衝立から出てきた翔央は、青味を帯びた灰色の深衣姿だ。お互い、兵部で出逢ったときとは、ずいぶん違う姿になった。周囲を偽る殻を被っているようで、胸の奥が重い。

「わたし、あの夏の夜を今でも覚えています。邑を燃やす炎で、夜なのに空があんなにも赤く明るくなっていた」

もう十五年も前のことだ。だが、深く思い出そうとしなくても、その時の記憶はすぐに取り出せる場所に刻まれている。あの時、蓮珠は邑の焼けていく様を目に焼きつけようと強く思い、そして、本当に焼きついて離れなくなった。

「わたしは妹の手を引いて逃げました。邑の外れまで辿り着いて、人の気配に気づき、木立の中へ転がり込んで隠れたんです。そして、そこからすべてを見ていました」

「見ていた？　……自分の邑が焼かれていくのを？」

翔央は痛ましいものを見るように言った。だが、蓮珠にしてみれば、それを見られたことは悪いことではなかったし、この記憶が薄れればいいと思ったことは一度もない。

「ええ。わたしは確かに見ました。馬上の男に命じられた者たちが、まき散らした大量の酒に火を放つのを……その火は、やがて邑全体に拡がって……」

あの馬上の男を捜す。それが蓮珠の中にある強い決意だった。だからこそ、必死に勉強して官吏になった。威国軍を指揮する立場にある者へ辿り着くには、国の中枢で外交に関わるのが一番早いと思ったからだ。

「でも、都で育つことになったわたしは、武官と言えば、禁軍や皇城司しか見たことがなかった。だから、気づかなかったんです」

蓮珠は、手にした絹団扇《きぬうちわ》の柄をきつく握りしめた。

「わたしは、官吏になるまで知らなかったんです。地方武官である廂軍《しょうぐん》は、管轄地域ごとに鎧が異なることを。威国の騎馬隊だと思っていたあの男たちは、白渓のある東北地域とは別の地域を管轄する相国廂軍の騎馬隊だった。……白渓はあの夜、自国の軍に焼かれたんです」

「……間違いないのか？」

翔央が、慎重な口調で確認してくる。蓮珠は、ただ頷いた。翔央が小さく「なんてことだ」と呟いた。蓮珠も知ったときは、まったく同じ言葉を口にした。

「わたしも間違いであってほしかった。ずっと威国を恨んできたんですから。でもそれは、とんでもない見当違いだった。本当に憎むべきは、同じ相国の人間でした」

官吏になって二年目のことだった。工部に異動になった蓮珠は、上司の命令で前年水害に遭った地域で堤の状態を確認する仕事をしていた。まだ威国との戦争は続いていて、国境近くの街には兵も配置されていた。そこで初めて、蓮珠は東北地域以外の廂軍兵士の姿を見たのだ。

瞬間、蓮珠は恐怖でなく怒りに全身が震えた。各地域の廂軍の将《しょう》は中央から派遣される。それは、馬上の男が同じ宮城内にいるかもしれないということだった。家族を、生まれた邑を焼き払った人間が、すぐ近くで息をしているかもしれない。そう思っただけで、同じ空気を吸っている自分自身まで憎くなった。

「もういい」

翔央の声が制止を促す。でも、蓮珠の中をうねる強い思いは、まだ蓮珠の口からはき出され続ける。

「わたしは、あの馬上の男に辿り着きたいんです！」

「威妃、もうよせ」

「どうして、どうして、白渓は同じ相国の人間から捨てられたの！」

自分で発した言葉が、心の奥に隠した傷に染みる。絞り出した声に呼吸が乱れ、胸が激しく上下する。絹団扇の柄を握る指先が白くなるほど強い力で握りしめていた。どこかに力を入れていないと、自分が崩れてしまいそうで……。

「蓮珠、俺を見ろ！」

突然、翔央の声が意識に入ってきた。目の前には、蓮珠の腕を掴み、瞳の奥までも覗いてくる翔央が居る。彼がこれほど近いことに気づかなかった。

「俺がわかるか？」

「主上、わたしは……」

「今はいい。すぐ近くには誰もいない。俺だけだから、なにも隠すな」

「翔央様。その、申し訳ございません、大変お手数をおかけしました」

我を忘れて口走ったことが恥ずかしくて、とにかく頭を下げた。すると、翔央の手が蓮珠の頭をぽんぽんと軽くたたいた。撫でると綺麗に結い上げられた髪が乱れてしまうという配慮だろうか。

「気にするな。……武官として戦場に立つと、お前みたいな状態の兵に遭遇することがある。心が一つのことに囚われて、それ以外のすべてが色や音を失うんだ。心というのは、自分でもままならないものだ」

恐慌状態の兵と同じように扱われた。蓮珠はますます恥ずかしさに俯く。

「どうやら落ち着いたようだな」

蓮珠の頭から翔央の手が離れる。それだけのことで、全身から温もりが失われていく気がした。今はまだ自分自身があまりにも曖昧で不安定だ。だから、触れていてほしい、離れないでいてほしい。突然湧き上がる感情に促されて、蓮珠は翔央を見上げた。

目が合うと、彼は少し驚いた顔をする。そして、蓮珠の視線から目を逸らすと、小さくため息をつく。

「本当にお前というやつは、この前といい、なんて顔をするんだ」

いつだったかも同じように言われたことを思いだし、蓮珠は慌てて離れようとした。

「ごめんなさい」

彼を困らせたくない。そう思って離れたが、逆に抱き寄せられた。もう少し頭を撫でてほしいとは思ったが、まさか彼の腕の中に入ることになるとは考えていなかったので、驚きに全身が固まる。

「まったく、本当にままならないもんだなあ。お前、どうしたいんだよ……」

蓮珠を抱き寄せる翔央の腕はほとんど力が入っていない。ふわっと包まれているだけで、いつでも離れてしまいそうだ。蓮珠はほんの少しだけ、翔央の衣の胸に顔を寄せた。

「……わたしは、もう二度と戦争をしない国になってほしいんです。多くの民にとって、戦争は不幸でしかありません」

蓮珠が言うと、頭上から「そっちかよ」という呟きが聞こえた。なにかまずいことを言っただろうかと顔を上げると、翔央の表情は特に怒っているわけではなく、苦笑いが浮かんでいた。

「国というのは、安全で飢えることのない日々を民が送れるようにするためにあるんだと、わたしは思っています」

言葉を紡ぐ蓮珠に、翔央は視線で続けるよう促した。

「民を生かす健全な国政こそが、国民を幸せにするんです」

「そうだな。国境を争い、民の命を犠牲にしてまで国土を広げることは、誰にとって意味があることとなんだろうな」

大きな息を吐き、翔央は誰にともなく疑問を口にする。

相国は高大帝国の後継者を名乗り、建国以来、中央への進出を意識し、国土拡張を進めてきた。だが、結果として威国を中心とする大陸北部の騎馬民族と軍事的に衝突し、逆に国境線を危うくしてきた。

「翔央様。……どうして、白渓は捨てられたのでしょう?」

あの夏の夜、国境の邑が焼かれた理由を、生き残った蓮珠はずっと探している。なぜ、生まれ育った邑は、自分の国によって消されなければならなかったのか、を。それはあの馬上の男が見つかったなら、真っ先に尋ねたいことだった。

「すまない、今の俺は答えを持っていない。だが……白渓焼失の件は、相国内で威国への強硬論に傾くきっかけになった。あれで停戦交渉が数年遅れた。相手の狙いがそこなら、当時の国政に関わった者たちの主張を調べることで何かわかるかもしれないな」

翔央は、蓮珠の頰を両手で包んだ。

「しかし……こんな近くに、あの邑の生き残りが居たとは。陶蓮珠。よくぞ、生きていてくれた」

翔央の言葉が蓮珠の中まで届いたとき、あの夜の別の記憶が蘇る。

失いかけた意識。澄んだ少年の声。西王母も見捨てた邑で、自分と妹の命を拾ってくれた天帝様《かみさま》も言った。

『よくぞ、生きていてくれた』と。

「翔央様……」

「どうした？」

少し首を傾げて問い掛けてくる声に、頰を包みこむ両手に、安堵が身体中を駆け巡る。この感覚もあの時と同じだ。

あれは神でなく、人だったというのだろうか。あの火の海の中で倒れていた自分になんの迷いもなく駆け寄り、助けてくれた存在。それが、神でなく人だと。

呆然とする蓮珠の顔を覗き込むように、少し屈んだ翔央が蓮珠の額に自分の額をそっと合わせる。

「相国の民の声、この郭翔央、確かに聞いた。工房の者の無実は速やかに明らかにしよう。必ず本当の犯人を探し出す」

成人男性の力強い声。それは、あの夜の少年の声とは、直接結びつかない。無言のままの蓮珠に、翔央が苦笑する。

「どうした、俺の言では頼りにならんか？　なら、誓約に厳しい西王母に誓いを立てるとしよう。俺たちはその前で夫婦を誓ったんだしな。……夫として妻であるお前の言葉をきちんと受け止めよう。相を戦いのない国に。その崇高な理念が実現されるよう、俺も努力する」

もし、もう一つでも、あの夜の記憶と重なるものがあるなら、確信を持てるだろうか。

ならば、確かめたい言葉がある。

「翔央様は、どうして武官に？」

蓮珠の問いに、翔央は少し考えてから口を開いた。

「……俺の昔話も聞いてくれるか？」

それは彼の初陣の話だった。初陣で彼が務めるのは、皇族としてお飾りの将のはずだった。それが、思わぬ形で威国軍と遭遇してしまい、敗走を余儀なくされた。

「俺を生きて都に戻すため、ただそれだけのために、たくさんの人々が犠牲になった。すべては俺の責任だ」

たくさんの人々について、彼は具体的なことは口にしなかった。だが、想像はつく。ほぼ自分と同じ年の彼の初陣であれば、十四、五年前だろう。一番、国境線が騒がしかった時期だ。蓮珠の邑がそうだったように、国境際の戦場はどこも悲惨だった。

「俺はその時に誓った。この手で直接、国の民を守れる者になろうと。だから、武官の道を選んだ」

「帝位ではなく？」

民を守る最も大きな力は皇帝だ。戦いを始めるのも終わらせるのも、国の最高権力者に掛かっている。

「いや、俺ではダメだ。俺は民を犠牲にして生き延びた身だ。皇帝に相応しくない。歴史に学び、帝位の重みを理解している叡明のほうが相応しい」

その顔に卑下はない。当たり前のこととして言っているように見えた。

「俺は武官として生きる。たとえ、皇族で武官なんて、政治的に無能を晒していると言われようとも、俺はこの国の民のためにこの命を使うと決めたんだ。俺はこれ以上、俺の国の民を失うわけにはいかない。あの頃、多く邑で、そこに住む民の命、暮らし、未来が失われた。それは、白渓だけじゃない。それでも俺にとって白渓の名は特別だ。民を守る力になると決めたのは、あの邑のことがあったからだ」

気がつけば、蓮珠の視界は滲んでいた。だが、それがいつの間にか溢れていた涙のせいだったことに、しばらく気づかなかった。それほどまでに長く、蓮珠は泣くことがなかったから。

「すまない、その……力が入ったか？」

滲む視界の先で、翔央が慌てたように言って蓮珠を離した。

「悪かった、怖い思いをさせたな」

蓮珠は急いで彼の衣の袖を掴み、首を横に振った。

「すみません。違うんです、嫌とか怖いとかそういうんじゃないんです」

わたしは、わたしの天帝様《かみさま》と思った人の理念を汚している。蓮珠はさらに首を振る。

「わたしには、翔央様に言っていただいたような崇高な理念などありません。だって、わたしは、この国から戦争がなくなれば、あの馬上の男の居場所を無くしてやれる、そう思っているんだもの。これは、ただの復讐です。ちっとも綺麗な感情じゃない！」

言い切った蓮珠に、翔央が言葉を詰まらせる。また、この人を困らせてしまった。謝ろうと口を開いたところで、気配を悟ってか、翔央が早口で言った。

「いや、蓮珠。世間じゃ、火のない所に煙は立たないって言うだろ？　なにもないところから言葉は生まれない。お前の中には、ちゃんと理想の国家像があるんだ。うん、そうに違いない」

翔央はもっともらしく、コクコクと頷いてみせた。

なんだか笑いがこみ上げてきた。蓮珠は絹団扇で口元を隠した。

「なんか、その言葉、使いどころが違う気がしませんか？　……でも、ありがとうございます」

顔を上げれば、もう蓮珠の視界は滲んでいなかった。翔央の心配そうな顔がはっきり見える。

「わたし、武官が武官であるだけで怖くて、ずっと苦手でした。でも、翔央様は違う」

そう、集団のもつ印象と個人の資質は違うものだ。武官だからと一括りで考えるべきではない。

この人は違う。蓮珠は、あの夏の夜から天帝様《かみさま》だった存在を見つめ、嬉しさに微笑んだ。

「翔央様は、ご自身を帝位に相応しくないとおっしゃいますが、民のために命を使うのだと誓ってくださるなんて、わたしからすれば最高に理想的な皇帝ですよ」

翔央は、これまで見たことがないほど目を見開いたあと、気恥ずかしそうに視線を宙に彷徨わせた。

「翔央様？」

「ああ、俺がなんて顔してんだって状態だよな。……お前、しばらく俺の顔を見るな。色々と差し障りがある」

またも早口で言ったかと思うと、翔央が再び蓮珠を抱き寄せる。今度は、腕にもそれなりに力が入っていて、蓮珠は顔をしっかりと翔央の衣の胸に押しつけている状態になった。

よほど顔を見られたくないのだろう。蓮珠は翔央の思いを尊重し、彼の腕の中で棒のごとくおとなしくしていることにした。

蓮珠はこの時初めて『遠慮すること』を覚えたが、『色気が無い・可愛げが無い』は改善されることはなかった。

第五章　偽りの花、華々にまぎれる

夏の午後、威宮では涼しげな色合いの絹が、ひらりと舞っていた。この宮の主がくるりと回って、自身の姿を確認していた。

「お、可笑しくない？　髪型とか衣装とか」

乳白色の上衣に淡藍《うすあい》の涼し気な裙《もすそ》。賜った宮を示す花紋の芍薬が刺繍されている。髪は、すっきりとまとめ上げた高髻《こうけい》。白金の歩揺《ほよう》には瑠璃玉が揺れている。

「何回目ですか？　わたくしと桂花様をご信用いただきたい。髪型も衣装も完璧です」

紅玉が呆れている。

「わかってる。二人が整えてくれた髪型も衣装も完璧だけど……どうにも中身がわたしなんかじゃ」

「何をおっしゃいますか。まさに蓮の花のようにお美しゅうございます」

泥沼に咲く花か。蓮珠は褒め言葉を斜に受け取りつつ、軽く自らの頬を叩き、絹団扇を持つ。

「行ってまいります！」

「戦場にでも向かわれるおつもりですか？」

扉の前に控えていた秋徳が呆れる。

「ある意味戦場です。……上級妃のお茶会なんて」

蓮珠は絹団扇を持つ手を震わせながら言った。蓮珠はすでに呉妃を始めとする上級妃に後宮内散策中に遭遇している。だが、ほとんどの場合すれ違う程度で、面と向かって話したことがあるのは、呉妃ぐらいだ。しかも、余氏に絡まれた時という、あまりよろしくない場面でのことだった。

その呉妃にお茶会に誘われ、もう一度まさに妃といった風情の美少女である彼女と話したら、なにかしら妃らしさの秘訣がわかるかもなどと思ったのが間違いだった。承諾した後で詳しく聞けば、威妃を含む四妃が会するお茶会だというのだ。

「まさか、後宮でも花の中の花を競う方々が揃う場に呼ばれるなんて」

毒気に当てられなくても、天女集う清浄な空気に当てられて倒れそうだ。

「しっかりなさってください」

毒味役として付き添っている紅玉に背中を押されて、蓮珠は嘉徳殿《かとくでん》に足を踏み入れた。嘉徳殿は後宮内の大庭園玉花園《ぎょくかえん》の中央に作られた祭事用の殿であり、後宮妃嬪が集まってちょっとした会を催す場所でもある。

案内されたのは、庭園に面した露台。そこにはすでに呉妃、周妃《しゅうひ》、許妃《きょひ》の三妃と揃っていた。

呉妃こと呉淑香《ごしゅくか》は、芳花《ほうか》宮を賜っており、花紋である蘭の刺繍された淡い粉紅色の襦裙を身につけている。

周妃こと周琳彩《しゅうりんさい》は、佳花宮《けいか》を賜っていて、花紋は菊。淡紫色の襦裙には大小様々な大きさの菊が刺繍されていた。その大胆な意匠は、女性としては背が高く、凜とした顔立ちの彼女に良く似合っている。

許妃こと許藍華《きょらんか》は、雅花宮《がか》を賜り、花紋は茉莉。茉莉の愛らしい白い小花が刺繍された薄黄の襦裙姿だ。背は小柄な蓮珠とそう変わらないようだが、背筋がピンと伸びていて、背が低いなあという印象は受けない。

「いらっしゃったわね。威妃」

一番先に声を掛けてくれたのは、茶会の主催者である呉妃だった。

「新参者にもかかわらず、遅くなりまして」

礼をとると、事前に桂花から聞いていたお茶会作法の型どおりに席を勧められ、用意された椅子に腰掛けた。ところが、蓮珠が席についた途端、三妃がぐっと距離をつめてきた。

「本日、お招きした主旨は、貴女に是非ともお聞きしたいことがあったからなの」

呉妃が言う。彼女ほどの美少女が言うと、なんでも答えてしまいそうになる。身を引きつつ何度か頷くと、今度は迫力のある美女の周妃が口を開く。

「先日の余氏様の女官の件、一度捕まった稜錦院の者の無実を訴えたそうで？」

そう、結局あの件は、稜錦院の者は処分保留ということで、決着がついた。ただし、真犯人はまだ見つかっていない。

「それも……英芳様に、直接もの申されたとか？」

次に問いかけてきた許妃は、猫のような目尻の少し上がった大きな瞳で蓮珠をじっと見据える。

「は……はい……」

謝ろう。さっさと謝ろう。三人の視線を受けて、蓮珠は、怖くなった。生まれついての良家のお嬢様は、視線だけで圧をかけてくる。このままだと睨み殺されそうだ。

「威妃！」

「は、はい！」

震えながら絹団扇を持っていた手が、いきなりガシッと掴まれる。

「良くやってくれたわ！」

呉妃が力強く言った。呆然としていると、許妃が勢いよく両手を上げる。

「これで少しは英芳様もおとなしくなるってものよ。はー、スッキリしたあ！」

これに周妃が大きく頷き、卓に片肘をつくと、ため息をついた。

「本当よ。主上の後宮の妃だからって、わたくしたちを見かけるたびに『文弱の嫁、文弱

のか。

官吏全体に対しての文弱発言は知っていたが、後宮のお妃様がた相手にまで言っていた
の嫁』って言うんですもの。はー、あったまくる！」

「あ、驚いてる？」

「許妃が大声出すからじゃない？」

「えー！　だって、妃位だけのお茶会は無礼講だって約束でしょー！」

許妃の問いに応じる前に、周妃が冷たく言い、許妃がさらに大きな声を出した。

「ごめんなさいね。私たち、廊下では澄ました顔して歩いてるけど、実際はこんなものな
の。なにせ、余り物妃の集まりだから」

余り物妃……とは、英芳の妃になれなかったことで、今上帝の後宮に入ることになった
妃たちへの皮肉だった。

「あら、わたくしは主上の後宮に入れて、むしろ良かったわ。余り物には福があるって言
うじゃない？」

「周妃、それだと主上が余り物扱いになってます」

蓮珠は思わずつっこんだ。

「あたしも、主上で良かったあ！　だって、英芳様じゃ、毎日口喧嘩だったと思うもの」

「私もよ。秀敬様から英芳様の女性へのなさりようを聞いていたから、絶対英芳様の後宮には入りたくなかったのよ」

秀敬の母は、呉家の遠縁だったことから入宮した女性だった。その縁もあり、呉妃は秀敬と幼い頃から交流があったらしい。

「逆に主上は引き籠もりのわりに、ちゃんとこっちの話を聞いてくださるのよね。ちょーっと妃らしくないあたしのすることにも寛容でいらっしゃるわ。さーすが、女傑で名高い朱《しゅ》皇太后を母上にお持ちなだけあるわあ」

「そうね、同母弟の翔央様も、なにかとお気遣いくださるものね。朱皇太后のご教育によるところなのかしら」

「……翔央様が？」

意外な名前が出てきて、思わず蓮珠は反応してしまった。後ろに控えている紅玉が小声で『威妃様』と制止をかける。

「ええ、翔央様。ああ、威妃も主上の弟自慢を聞かされているのね。……主上は本当に翔央様がお好きでいらっしゃるから」

呉妃がくすくすと笑う。

初耳だった。紅玉の制止があったにもかかわらず、もっと聞きたくて、身体がむずむずと動いてしまう。だが、蓮珠が口を開き掛けたところで、嘉徳殿の外に控えていた呉妃の侍女が焦った様子で入ってきた。

「た、大変です。鶯鳴宮妃余氏様がいらっしゃいました……」

鶯鳴宮は英芳が賜っている宮のことであり、女官や宦官は必ず『鶯鳴宮妃』を余氏の前に付ける。

仰々しいその名を耳にしたとたん、蓮珠はもちろん、三妃も動きを止めた。それから、卓に寄せていた椅子を引き、四人の間に距離を作った。さらに廊下ですれ違うときのように澄ました表情で姿勢を正す。さっきまでのかしましい女の子たちは消え、急に妃らしい表情が現れる。蓮珠も形だけはそれを真似て、表情を引き締め、背筋を正した。

四妃が宮内には侍女をそれぞれ一人だけ付き添わせているのにもかかわらず、余氏は常と同じく侍女を五名も伴って入ってきた。

「妃位の者たちが集まってお茶会をしていると聞いたのだけど?」

本日の会の主催者である呉妃がにっこりと笑う。

「お義姉様の分もすぐにご用意いたしますわ」

さぞかし派手に文句を並べるかと思えば、余氏は「そう……」とだけ言って、急遽用意された椅子に座る。

これは英芳様の悪口を言う会だと悟ってしまわれたのか、と蓮珠は余氏の横顔を見つめ、いつどんな声を掛ければいいのやらと気まずくなる。なにせ、宮城内では威妃が英芳をやり込めたことになっている。余氏にしてみれば、夫に屈辱を与えた相手だ。そして、長年自分に仕えてくれた侍女の死の遠因でもある。張り詰めたその表情は、侍女の死を思い出し、心を痛めているのかもしれない。

蓮珠は茶を飲んで幾分顔色が戻った余氏に声を掛けてみることにした。

「余氏様」

声を掛けたとたん、余氏の身体が大きく震えた。その弾みで手をこぼれ落ちた杯が、床に落ちる。わずかに遅れて、陶器の割れる澄んだ音が辺りに響いた。

「ああ、わたくしとしたことが……」

余氏自らが慌てて割れた杯を拾おうとする。

「お怪我をなさいますよ。紅玉、拾って差し上げて」

蓮珠は紅玉を呼び寄せて、床に散らばった茶器を拾わせた。手を引いた余氏は、青白い顔で呟いた。

「揃いの茶器を欠けさせるなんて縁起が悪いこと。ああ、またなにか恐ろしいことが起こるのでは。は、早う、倉庫から新たなひと揃いを出しに行かねば」

そう言って椅子を立ちかけた余氏を、蓮珠が制した。

「わたしが行きます、お義姉様。すぐに戻りますから」

返事を待たずに席を立ち、蓮珠は紅玉を伴い嘉徳殿を出た。


倉庫に入ると、外よりもさらに冷涼な空気で満たされていた。つい先日、蓮珠は、倉庫の目録と実際棚に置いてあるものの差異を確認したばかりだ。そのため、紅玉にすぐ戻ると言い置いて、一人迷うことなくまっすぐに茶器の置かれた棚へと向かった。

ひと揃いの茶器をいくつか開けて見比べていると、威国語で「真ん中の箱でどう？」と言われた。

「たしかにこれは逸品です。南方大国華《か》より我が朝に贈られたものではないでしょうか。彼の地特有の淡朱の釉《うわぐすり》は華やかで気品に満ち……」

威国語で答えてから、ハッとしてそちらを見る。

「ずいぶんよくご存じね？　この倉庫へは何度も入っているのかしら？」

「……呉妃様？」

そこに立っていたのは、呉妃だった。しかも、侍女を連れず一人である。蓮珠が扉の前に待たせていた紅玉に先導させた様子もない。呉妃が人払いをしたようだ。

「こ、これは倉庫に何度か主上ときたことがありまして……」

薄暗い倉庫の中、なにか緊迫した空気が生まれつつある。ただならぬ雰囲気に蓮珠は頬を引きつらせながらも、何とか誤魔化そうとした。しかし、呉妃のほうはすでに腹づもりが定まっているようで、ピシャッと返される。

「なぜ皇帝と、今をときめく寵姫が人目を避けて、こんな倉庫で会う必要があるのかしら？　主上は特別なご趣味でもお持ちなの？」

先々に色々と問題が生じそうなので、首を横に振っておく。

「ふーん、じゃあ、教えてくださる？　貴女は本当のところ何者なの？」

呉妃は遠回しになどしなかった。遠慮が無いのは自分だけではなかったか、と妙に感心してしまう。

「……なんのお話でしょうか」

「うちの侍女の一人に言わせると、貴女の威国語はかなり方言が強いみたいよ。彼女は、少なくとも威国の王都周辺の出身ではないと言っていたわ。どうかしら？」

そのとおりだ。蓮珠の威国語は国境近くの邑であったために自然と身についただけで、正式に学んだものではない。だが、それでも威国語ができる者がほとんどいない相国では重宝された。それに、下級官吏の蓮珠が話すのは相手もそれほど身分が高くない人物ばかりだったので、方言が問題になることはなかったのだ。

「呉妃様は綺麗な発音ですね」

「私は正式に習ったの。入宮の話が来なければ、呉家の娘として威国へ行くことになっていたから」

先帝による威国との和睦は、女子の少ない相国の皇族だけではあちらの要求を満たせず、建国以来の名家にも声がかかっていたらしい。

「私のことはいいわ。ねえ、貴女はどちら側の人間なの？　もし相国に対してなにかしら企てているというなら……」

呉妃は威国語で問い詰めてくる。おそらく、彼女は蓮珠を威国側の人間だと思っている。この場をどうにか誤魔化したとしても、相国に敵対すると思われていては、今後動きづらくなる。それは避けたい。

蓮珠は、どこまで話すかを、今この場で誰にも相談せずに決めなければならない。

「……翔央様……」

蓮珠が小さく祈るように呟くのに重なって、低い金属音が少し離れたところから倉庫内に低く響いた。

「……え、今の音？」

呉妃の視線が音のした倉庫の扉があるほうへ向こうとした瞬間、倉庫内が暗くなる。保管している美術工芸品を保護するために、倉庫の窓は最小限しかない。そのわずかな窓の格子戸を誰かが下ろしたようだ。

「灯りが消されたの？」

暗い中で呉妃の声がした。蓮珠は彼女の声がしたほうに手を伸ばした。

「呉妃様、離れないでください。……今だけでもかまいません。わたしを信じていただけないでしょうか」

「外に出たら、話してもらうわよ」

「話せる範囲まででお許しください。……とりあえず、壁沿いに進んで出入り口のほうを確認しましょう」

倉庫内の詳細図は李洸に回収されてしまったが、だいたいの内部構造は覚えていた。茶器が置かれていたのは壁際の棚だ。壁に沿ってどちら向きに進もうと、いずれは一つしか無い倉庫の出入り口に辿り着ける。蓮珠は手で棚を確かめながら、頭の中の倉庫内棚配置図に沿って移動する。倉庫の入り口からはそう遠くない。

蓮珠が呉妃の手を引いて進んでいると、後方から男の声が聞こえてきた。

「おい、居ないぞ。本当にこの辺りに居たんだろうな？」

「声がしていた。確かなはずだ」

二人、どちらも男。蓮珠は不利を悟って、呉妃の手を握る右手に少し力を入れる。色々考えを巡らせてから、小声で呉妃に提案する。

「このまま出入り口に向かえば、暗い中で男たちと鉢合わせるかもしれません。対抗手段を手に入れましょう」

「対抗手段?」

「ええ、扉が開かないなら、壁の何処かに内側から穴を開けてしまえばいいんです。……呉妃様は、こういう倉庫で火事が発生したとき、もっとも早い鎮火方法をご存じですか?」

「水を大量に掛けること?」

「いいえ。それでは、水を用意して、運んでくるだけで時間がかかります。もっとも早いのは、燃えている家屋を壊してしまうことなんです」

蓮珠は再度頭の中の倉庫内棚配置図に沿って、出入り口とは違う方向に進む。

「栄秋は都としては手狭です。下町はおろか、皇城内の建物もかなり近接して建てられています」

蓮珠は後宮建物配置図を作ったときのことを思い出す。

「宮殿と宮殿の間にあるこの倉庫は、出火したら延焼を防ぐためにすぐに壊さなければならない。宮殿と倉庫なら、倉庫を壊します。人命優先ですから。……だから、あるはずなんです」

蓮珠は徐々に暗がりに慣れてきた目を左右に動かし、それを探していた。

「なにがあるの？」

「手早く壊すための道具です。……おそらく小型の斧かなんかが火事対策で置いてあるはず――そう、あんな感じで」

暗い壁の端のほうに、斧が立てかけられていた。幸いなことに、後宮の倉庫で使われることを前提としているそれは、外朝の男性に比べると華奢な宦官や女官でも扱えるように、小ぶりな作りをしている。

蓮珠は呉妃の手を離し、それを取りに行く。この瞬間を狙っていたかのように、蓮珠の後ろで小さな悲鳴が上がった。すぐさま手にした斧を構えて、蓮珠は暗闇に叫んだ。

「呉妃様を離しなさい！」

一種の賭けだった。一連の事件の続きであるなら、犯人の狙いは威妃のはずだ。違うと知れば……。

「威妃じゃないだと！」

その言葉に、蓮珠の口元がほころんだ。

「いや、だって、この女、威国語を話していたから。それに……どっちが女官に見えるっていったら、あっちだろ！」

……残念、どっちも女官ではない。もっともこの場合、残念なのは、彼らなのか、妃に見えない自分なのかはわからないが。蓮珠は引きつる頬で、斧を構え直した。

「じゃあ、威妃はいねえのかよ」

「ちっ、城外なら人違いであっても、こんな上玉さらっちまうのによ……」

呉妃が肩を大きく震わせた。悲鳴を上げそうな様子に、男の一人が鼻を鳴らす。

「欲張るな、行くぞ。面倒はゴメンだ」

蓮珠は内心ホッとした。威妃はいるにはいる。それも目の前に。もともと倉庫内が薄暗く、衣装がハッキリ見えなかったことが幸いした。女官だと思っているなら、訂正はしないでおこう。こちらに斧があろうとも、戦わずに済むならそのほうが助かる。

「きゃっ」

暗闇で小さな悲鳴が再び上がり、呉妃が蓮珠のほうに突き飛ばされてきた。

「呉妃様！」

慌てて、斧を手放し、呉妃を受け止める。彼女の手を近くの棚に触れさせ、身体を支えるものがあることを示す。

「ここに居てください。追います」

蓮珠は床に置いていた斧を再度手にした。そして、男たちの声が消えていったほうへ、片手で棚位置を確認しながら進んでいく。

だが、だいぶ進んでも男たちの気配らしきものは感じられない。

「倉庫の出入り口は一つなのに。どこへ？」

疑問には思ったが、呉妃の安全を優先にして、いったん戻ることにする。

ありがたいことに、外も二人が戻ってこないことで騒ぎが起きていた。おかげで構えた斧を振り下ろす前に、外側から扉を開けてもらえた。ただし、妃にはほど遠い姿を多くの人の前にさらすことになってしまったが。

周妃と許妃は肩を震わせて笑いを堪えているし、余氏は青い顔で呆然としていた。いらぬ恥をかいたが、呉妃が無事で何よりだというのが、蓮珠の本音だ。

その呉妃はと言えば、まだ青白い顔で震えている。その手首に赤く手の痕がついているのを見て、蓮珠は彼女に駆け寄った。

「呉妃様、手首に赤い痕が。わたし、力入れすぎました？」

「違うわ。これは……あの……男が……」

その細い手首に残る痕は賊に掴まれたときのものだったらしい。その感触でも思い出したのか呉妃が肩を震わせる。蓮珠は悪い夢を見て起きた妹にそうするように、そっと呉妃を抱き寄せた。

「呉妃様、もう大丈夫です。とても怖かったですね……」

俯いていた呉妃が弾かれたように顔を上げた。大きな瞳をさらに大きくして蓮珠を見つめてくる。小さな口がなにかを言おうとして閉じられた。言葉とともに表に出てこようとする感情を、必死に飲み込んでいるかのように見えた。

呉妃は倉に閉じこめられたとわかった時も悲鳴を上げたりしなかった。妃位にある者として、取り乱すことなく蓮珠に従ってくれた。だが、だからといって、平気だったわけではない。青白い顔や震える肩から、それは見て取れる。あの場で冷静であったことはたしかに彼女の強さだ。でも、人は泣きたい時にちゃんと泣かないと、いつまでもその時の感情を引きずることになる。

「泣きたい時は、人目なんて気にせず泣けばいいです。心の傷は外からじゃ見えないんですから、自分で訴えないと！」

呉妃の唇がぎこちなく動いた。涙に掠れた途切れ途切れの声が、一つの言葉を繰り返す。

「怖かったの……とても怖かったの……」

蓮珠は呉妃を先ほどよりも強く抱き締めた。

腕の中の小さな嗚咽に、蓮珠は誓った。英芳に言われるまでもなく、犯人を捕まえてみせると。

だが一方で、どこでどう歪められたかは不明だが、今度は妃の一人が、威妃が呼び込んだ禍の犠牲になったとの話が宮城を駆け巡ることになった。

どんどん本物の威妃が帰りづらい状況を作っている気がする。蓮珠は、盛大なため息を吐き出して、広い寝台に突っ伏した。

だが、すぐにあることを思い出し、顔を上げた。

栄秋の夜は明るい。酒楼が並ぶ下町の一角は、そこかしこから笑い声や喧嘩の声が聞こえてくる。

夜に閉門していた時代は遠く、いまや夜市は人々の生活の一部だ。

蓮珠は床に裾が拡がる長裙ではなく、足のくるぶしぎりぎりの裙を着ていた。綿素材の白っぽい襦裙をまとい、栄秋の庶民に紛れている。

毎夜酒楼を飲み歩いている翔央の姿を探すため、宮城を抜け出して下町に来ている。そこまではよかったが、その姿を見つけてもどう声を掛けていいやらわからず、なんとなく隠れたまま後を追っていた。

だが、ほどなくして前を歩いていた翔央がくるりと振り返った。

「おい、人が足を止めるたびに不自然に自分も足を止めるとか、そんなバレバレな尾行するくらいなら、隣に来い。俺が恥ずかしいだろ」

どうやらとっくに気づいていたらしい。翔央は、犬猫を呼び寄せるように蓮珠を手招きする。彼の中の自分がどういう扱いなのかと、気にならなくもないが、とりあえず早足で隣に並ぶ。

「秋徳さんから、主上が今回の件の情報を集めに今夜も城を出たと聞き、探しておりました。わたし、飲み勝負でしたら役に立ちますよ」

「わかったわかった。ここぞという時は任せるから」

手をひらつかせて、適当に流そうとする翔央の手を捉えると、蓮珠は両手でぎゅっと握りしめた。

「いいえ、主上。狙うは、鄭爺さん、ただ一人です。あの人は、この辺りの酒楼の連中の元締めですから。こちらから仕掛けましょう！」

「本気かよ……」

重い呟きを無視して、蓮珠は翔央の手を引いた。

「夏の夜は短いです。さあ、どんどん店を回りますよ！」

意気込んで鄭爺さんを探すこと三軒目。店の奥に男たちの集団を見つけた。どう声を掛けるかと悩む間もなく、男が一人、翔央の顔を見て手を上げる。

「よう、絵描きの坊ちゃん。また爺さんに酒を奢りにきたのか？」

翔央は、宮城の外では大金持ちの息子である道楽絵師を自称しているそうだ。まあ、金持ちの息子には違いない。なにせ、先帝の皇子なのだから。

「お、何だよ、今日も女連れかい……って、いつも侍らせてる姉さんたちとはずいぶん毛色が違うな」

それ、笑いごとじゃない。蓮珠は無言で翔央を見上げたが、翔央は気づかぬふりをして、鄭爺さんの居場所を尋ねた。すると、人だかりの中心から、頬に縫い跡のある白髪の老人が顔を出した。

「お、絵描きの兄ちゃんじゃねえか。またうまい酒飲ませてくれるのか？」

「いや、俺は飲み勝負に向いてないと、この前で思い知ったよ。今日は別の方法で情報をいただく交渉ができないかと思ってね」

翔央が大袈裟に肩を落として言うと、面白くなさそうな顔をした鄭爺さんが、急ににやにやと笑い出す。

「じゃあ、そっちのお嬢ちゃんに相手してもらおうか。もし、お嬢ちゃんが勝ったら、ほしい情報は、余さず教えてやるぜ。ただし、嬢ちゃんが負けたら……なにをいただこうかねえ？」

引っかかった。蓮珠は、つい口元が緩む。

「蓮珠、お前、今すごく悪い顔してるぞ」

翔央が呆れたように呟いたが、ここで遠慮するようならば、三無い女官吏などと呼ばれたりしない。蓮珠は、力強い声で応じた。

「その勝負。お受けします」

蓮珠の宣言から二刻。夜明けに近づいた頃、一人元気な声が店の奥で上がった。

「さあ、飲み勝負はわたしの勝ちです。約束どおり、情報をいただきましょうか？」

「……とりあえず、鄭爺さんに水を飲ませてやれよ」

翔央が蓮珠の肩を軽く叩く。鄭爺さんは、久しぶりに薄めていない酒を飲んだせいか、だいぶ効いているようだ。

「本当に勝ちやがったよ。いい飲みっぷりだな、あんた」

「褒めても、なにも出ませんよ。……すみませーん、こちらの方に飲み水を！」

渋い顔をした鄭爺さんが水を飲み、落ち着いてきたところで、蓮珠は本題を口にした。

「……で、皇城に関する妙な儲け話が持ち込まれたって、なにがどう妙だったんですか？」

「話は単純だ。後宮に忍び込んで、妃を一人連れ出すってだけの仕事だ。こっちとしては、後宮ってだけでどれほどのおおごとかと思いきや、侵入経路も脱出経路も依頼人のほうで用意するときた」

これに翔央が片眉を上げる。

「そいつはまたずいぶんと気前のいい話だな。そこまでできてんなら、自分でやれよって感じだが」

鄭爺さんだけでなく、周りで飲み勝負を観戦していた男たちも頷いた。

「おう。……にもかかわらず、俺らみたいな下町の男連中に声を掛けて回る。気味が悪いんで、俺の目が届く範囲ではやめとくように言った」

やはり下町で人を雇っていたんだ。蓮珠は考えが正しかったことに小さく頷いた。

蓮珠が気になったのは、二人組の男の発音だ。下町特有の発音をしていた。ちょうどその直前に呉妃と発音の話をしていたせいもあり、あのときはより敏感になっていた。おかげで、それに気づいたのだから、呉妃様々だ。

「で、鄭爺さんの目が届く範囲の外の奴らが受けたわけか」

「おうよ。近いうちに大金持ちになるって、馬鹿みたいに騒いでた連中が居たそうだ」

「その連中って、こんな顔でした？」

暗がりではあったが、蓮珠は犯人の顔を見ている。なので、口頭で特徴を伝え、あらかじめ翔央に人相書きを描いてもらった。さすが絵師を自称するだけあって、なかなか似ている。

その人相書きを渡すと、鄭爺さんから周囲の男たちの手にも回り、結論として「こいつらで間違いない」との答えだった。

「その連中には、どこで会える？」

翔央の問いに、鄭爺さんだけでなく、周囲の男たちまで黙り込む。空の酒杯を見つめ、鄭爺さんがぼそぼそと言った。

「悪いが、そりゃ無理だ。昨日の昼頃、下町の水路に二人して浮かんでやがった。ちょっと前まで羽振り良く飲んでやがったからな、ろくに調べられもせずに泥酔して水路に落ちたって話になったがな……」

そりゃ、自主的に浮かんだわけじゃないだろう。蓮珠は声を掛けただろう人物を問おうとした。

「じゃあ、その二人に声を掛け……むぐっ」

蓮珠の口を翔央の大きな手がふさぐ。

「これ以上は踏み込むな。この街にはこの街の流儀がある」

「……ほう。わかってんじゃねえか。ただの甘ったれた金持ちの息子じゃあ、なさそうだな。こりゃあ、いい旦那を捕まえたな、お嬢ちゃん」

鄭爺さんがにやにやと笑いながら言う。同じ下町の男がやられたのだ。声を掛けた男の始末は自分たちが行なうということらしい。

「俺がいい旦那ってわけじゃない。こいつがいい嫁なんで、色々と気をつけているだけだ」

翔央が負けず劣らずにやにやと返す。言ったわけでもないのに、どうやら夫婦に見えたらしい。そう思うと、今さらになって酔いが回ってきたのか、頬が熱くなってきた。

「確かにな。旦那は昼間っから酒楼を飲み歩いているような男だからなあ」

鄭爺さんが声を上げて笑うと、周囲の男たちが驚いたように蓮珠を指さす。

「本当にお前さんの奥方かよ？　そこらで雇ったわけじゃないだろうな」

そこらでなく、皇城で雇われたわけだが、まあ黙っていよう。

「どこでどう出逢おうと、俺の嫁だ。うらやんでも、髪の毛一本やらんからな」

翔央がぺろっと舌を出す。

「大金持ちの息子のくせにケチくせえ。……大金持ちだって言うなら、鄭爺さんだけじゃなく、俺らの飲み代も出してくれよ」

大柄の男が下品な笑みを浮かべて翔央を窺う。

「悪いが、今日の勝負の主催者は俺でなく、嫁のほうだ。爺さん以外の酒代を出すかどうかは、嫁が決める」

翔央が蓮珠のほうを見た。彼がどんな答えを望んでいるか、何となくわかる。蓮珠は、満面の笑みで言った。

「いいですよ。……ただし、わたしに勝てるのであればですけど」

「そりゃ無理だ！」

店中に笑い声が響いた。

「こっちです、主上」

夜明け前の白む空の下、二人は後宮の廊下を進んでいた。蓮珠の先導で、警備の者も通らない後宮北東部の人気の無い道を選んで威宮へと戻ることにした。

「……お前、よくこんな道を知ってるな」

「まかせてください。今やいかに人と遭遇せずに後宮内を歩き回れるかで、わたしの右に出る者はいませんよ」

「右も左も、そもそも誰もそんなこと競わないだろ」

翔央は呆れ声から一転、真剣な声で問いかけてきた。

「……どう思う？」

「使わない建物が、これだけ放置されたままというのは問題ですよね」

「……そっちじゃない。酒楼で聞いた拉致依頼の話だ」

蓮珠は、少しだけ酔いが回った頭をぷるぷると振った。

「わかりません。だって、犯人の目的は威妃を亡き者にすることではなかったのですか？ そうでなければ、西王母像を倒したり、毒針仕込んだ意味が無いです」

「俺もそこが疑問だ。あってはならないことだが、今回の倉庫での件、相手が威妃殺害を目的にしてたなら、おそらく成功していただろう」

「ですね、閉じ込められてあの状況、二人まとめて殺すのは、そう難しいことじゃなかった。威妃だけを連れ去ろうとしたことが、失敗の原因ですから」

翔央はいったん足を止めると、口元に手をやる。

「威妃を対象とする脅迫状はいくつもあった。お前は本気じゃないだろうと言っていたが、その中に連れ去りを計画実行した者が書いたのもあったんじゃないか？」

蓮珠にできるのは、筆跡から感情の起伏のようなものを感じ取って、相手の心情を推し量るだけだ。残念ながら考えが丸ごと見えるというものではない。

「そこはなんとも……。でも、今回の倉庫の件では『俺がやってやったんだ、すごいだろ』的な犯行声明も『次こそは！』っていう負け惜しみ脅迫状も来なかったんですよね？」

「身も蓋もない言い方だな。まあ、来てないな」

再び歩き出した翔央の背を追って、蓮珠も石畳の道を行く。

「……今回の件は、どうして外に漏れなかったのでしょう？　いつもの禍を呼ぶ妃の話は回ったのに。いかにも怪文書が送られてきそうな事件だった気がしますけど」

「具体的になにが起きたかは箝口令を敷いた。後宮内に、しかも上級妃が居る場に外からの男が入り込んだなんて言えるかよ。色々やばいだろう」

確かに翔央の言うとおりだ。後宮という場所は、皇帝以外は女官と男性としての生殖機能を失っている宦官しかいない。そうすることで、妃が身ごもった子どもの父親は皇帝でしかありえないという事実を担保している。たやすく、人が出入りできたと知られたら、歴代の王の血統がまとめて疑われかねない。

「じゃあ、犯人は今回の結果をどう……っぷ。ちょ、いきなり止まらないでくださいよ。低い鼻が余計に低くなるじゃないですか！」

突然、翔央が立ち止まった。その背中に思いっきりぶつかった蓮珠は抗議の声を上げる。だが、翔央は蓮珠を振り返らず、背に庇うように片手を伸ばすと、なにかを警戒して少し腰を落とした。

「……俺の後ろにいろ。たまには本当におとなしくしてろよ」

「主上？」

「どうやら、招かれざる客のようだ」

翔央は石畳の道の左斜め前にある木立を睨んでいる。

威宮は目と鼻の先だ。

蓮珠は、翔央を真似てすぐ動けるよう膝を少し曲げると、裙の裾を指先でつまみ上げておく。

「……そちらのご婦人を渡してもらおう」

木立のほうの暗闇から出てきたのは、十人ほどの男たちだった。

翔央は額に手をやり、首を振った。

「まったく。いつから後宮はこんなにも男子出入り自由になったんだ？」

「そんなことはどうでもいい。さっさとこっちによこせ」

城外に出るために庶民の服を着ていたから、相手は翔央が誰かわかっていない。おそらく威妃の警護の者と勘違いしている。

「で、こちらのご婦人に何の用件か？」

「さあな。用があるのは、俺らじゃないからわからねえ」

どうやら、またも雇われた者たちによる威妃誘拐のようである。

「そうか。じゃあ、ちょっと相談してみるから待ってろ」

翔央は少しばかり相手を煽るように言ってから、自分の背後に居る蓮珠にひっそりと囁いた。

「おい、合図をしたら、威宮に駆け込め」

「主上は？」

「お前、俺をなんだと思ってる。禁軍の武官だぞ。この程度の……訓練された正規兵でもない奴らに負けるわけがない」

鼻で笑われた。蓮珠の目の前で、翔央の存在感がグッと増す。あの特有の威圧感だ。

「でも……」

ためらうことを許さぬ勢いで、翔央が蓮珠を建物のほうへ押した。

「行け！」

蓮珠が走り出すと同時に、男たちが翔央に声を上げて襲いかかる。

蓮珠は振り返りたいのを耐えて、威宮に駆け込んですぐに声を上げた。

「誰か！　主上が賊に襲われています！」

蓮珠の叫びは開け放たれた扉から、今まさに襲いかかっている賊の耳にも届いた。

「主上だと？」

うまい具合に相手が怯んだ。同時に蓮珠の脇を抜け、威宮から駆けだしてきた秋徳が翔央に棍杖を放る。

受け取った翔央は、流れるような無駄のない動作で棍杖をひと振りして、身構えた。

「さて、……大逆の覚悟があるのは誰だ？」

夜が明けきっていないのが幸いした。相手は皇帝なのだから、近くに護衛が居ると思ったようだ。怖じ気づいたように一人が逃げれば、あとは早い。さらに紅玉が呼びに走った後宮警護官たちがそれらを追う。

「……威妃、無事か？」

「はい。主上は？」

「またも誘拐目的だったようだな。ただし、荒事の域を脱していなかった」

「はい」

頷いた次の瞬間、翔央が急に蓮珠を抱きしめた。

「へ、主上？」

慌てて問いかけたものの、蓮珠はすぐに何かが違うことに気づく。

「まだ誰かいる。潜んでいたのは誘拐目的の奴らだけじゃ……うっ……」

「主上？」

夜明け間近の空に浮かび上がる、翔央の影。それが頭一つ以上小さい蓮珠に寄りかかってきた。

「……無事か？」

耳元で囁くその声が、少し掠れていた。

「主上！」

倒れ込む翔央を、蓮珠は必死に支えた。そうすることで彼が左腕から出血していることがわかる。薄暗がりの中、蓮珠の視界の端に地面に突き刺さった矢が映る。

「……いったいどこから？」

周囲を見回そうとしたところで、次なる一矢が飛んできた。ただし、それは翔央が蓮珠のほうに倒れ込んでいたことで外れ、近くの樹木に当たって落ちた。今は動けない。三本目を放たれたら、避けられない。

「誰か、誰か！　主上が矢に！」

逃げた男たちを追って離れた後宮警護官たちにも届くよう、蓮珠は大声で叫んだ。これだけで、相手は少し怯むはずだ。そのわずかな時間が蓮珠にとって、とんでもなく重みのある時間だった。人を呼ぶ声を張り上げながら、翔央を支えて後ろに下がり、蓮珠は矢が当たった樹木の裏側へと入る。

人が戻ってくる気配を感じる。これで矢を放つ者にとって的が絞りにくくなる。だったら、さっさと逃げてもらうのも手だと蓮珠は思った。追撃はもういい、今は翔央の手当てが先だ。

後宮警護官が医者を呼ぶように叫んでいる。後宮内の医局は、そう遠くない。それでも今はわずかな時間も惜しい。

翔央の肩を掠った矢は一本。傷は深くはない。出血量も多くはない。にもかかわらず、翔央の呼吸が荒い。すでに視線が定かじゃない。毒が塗られていた可能性がある。

蓮珠は記憶の奥底から矢傷の処置法や毒矢を受けた際の対処法を急いで引きずり出すと、こちらへ駆け寄ってくる紅玉に向かって叫んだ。

「紅玉さん、綺麗な布をとにかく急いで持ってきてください。あと、お酒に水……それからお湯も！」

蓮珠が官吏になった頃、相国はまだ戦いの中にあった。そのため、文官であっても、戦場に出たときの振る舞いをたたき込まれている。戦力として期待されていたわけではない。足手まといにならないための知識であり技術だった。

「そんな知識を戦場じゃなく、こんなところで使うなんて……」

蓮珠は威宮の地面から一段上がったところに翔央を横たえ、負傷した左腕をそっと下ろした。そうすることで心臓より低く保つ。今優先すべきは止血よりも毒が身体に回らないようにすることだ。矢傷が浅くても毒が拡がってしまう可能性がある。そうなれば、最悪の状況を避けるために左腕を丸ごと一本切ることにだってなりかねない。

「そんなことは絶対させない。……どうか、わたしにこの方を助ける力を！」

蓮珠は天への祈りの言葉を呟いていた。生まれ育った邑を失って以来のことだった。

第六章　偽りの花、華蕾を知る

皇帝負傷の報は、あっという間に宮城中に伝わった。例によって、『威妃を庇って』や『威妃と一緒に居るときに』などが話の頭についているために、災禍を呼ぶ妃との悪評はますます高まるばかりだ。

もっとも、翔央は噂で言われているほど重傷ではない。侍医によれば、蓮珠の処置が適切であったことが大きかったそうだが、こちらに関しては、『威妃の適切な処置があったから』などといった話が広まることはなかった。人の噂というのは、噂する人々にとって都合のいいことしか話題にならないようだ。

「主上のお加減はいかがですか？」

蓮珠は向かいの椅子に座る李洸に問いかけた。

この日、蓮珠は秋徳を伴い、皇帝の居所である金烏宮を訪れていた。表の用向きは皇帝のお見舞いであるが、実際は、李洸に今後の打ち合わせをすると呼び出されたからだった。宦官ではない李洸は威宮までは入れない。そのため、威妃のほうから出向いた。

金烏宮に入った蓮珠は、宦官の先導で中庭に面した部屋に通された。部屋は扉という扉がすべて明け放たれた状態である。夏でも涼しい相国ではあるが、陽ざしの強い時間に日よけも下ろしていないので、とても暑い。かといって、扉を閉めるわけにはいかない。皇帝の居所といえども後宮の一部。後宮で妃が皇帝以外の男性と会うときは、周囲から怪しまれないよう、誰からも見えるようにしておくのが決まりだからだ。見えれば良いとなっているので、話が聞こえるほどの場所には誰も居ないし、扉を開けていることで聞いている者の有無を確認できる利点はある。

手にした絹団扇でバタバタと煽ぎたい蓮珠としては、利点より欠点のほうが多いように思える。一方で、蓮珠の目の前に座る李洸は暑さなどまったく感じていないような涼しい表情をしていた。

「見た目にはお元気ですよ。だからといって、まだ痛む肩で武官としての調練にお出になられるのは、いかがなものかと思いますね。こちらとしては、名実ともにおとなしく療養していただきたいのですが」

「え？　翔央様として表に出ていらっしゃるんですか？　城外で昼間から飲み歩いていたんじゃ……」

武官としての翔央は、兄帝が威妃を迎えた後に、庸軍の状況を視察するために都を離れて地方回りをしていることになっていたそうだ。

「いまは戦時でもないので、武官も家族の病気や負傷を理由に家に戻ることができます。だから、『翔央様は兄帝を見舞うため、都にお戻りになっている』んですよ。皇帝が怪我をしたというのに、皇弟が都に戻らないというのは、人聞きが良くありませんからね。そして、お戻りである以上、人前に出ないわけにいかないお立場です。あの方の場合、人前に出るというのは、武官としての姿を見せるということですから」

「まあ、その手の特殊な休みとかって、上が積極的にとらないと下もとりにくくなりますものね」

官吏によくある話だとコクコク頷く蓮珠に、李洸は呆れた顔をした。

「そんな呑気な話じゃありませんよ。皇弟という立場上、叛心《はんしん》ありと周囲に疑われるかもしれないからです」

皇族の一員も楽ではないらしい。

「……でも、いま軍の中にいるのは危なくないですか？」

蓮珠の問いに、李洸は首肯した。

「ええ。ですから、周囲を信頼できる部下で固めてもらっています。しかし、それで絶対安全とは言えませんね」

翔央の肩を掠めた矢は、矢羽根の特徴から相国の禁軍で使われているものだと判明している。この件は箝口令が敷かれた。叡明に代替わりしてまだ二年。国内に皇帝を直接狙うような勢力がいると知られれば、落ち着いていない国内を騒がせることになる。まして、軍部内に反乱分子がいると明るみになれば、威国との和平に反対している者たちを活気づかせることに繋がる。

逆に軍部が完全に無関係だとしたら、自分たちのせいにされたことで騒ぎ出すだろうし、それをかつての敵国の企てに違いないと言い出しかねない。これもまた和平反対派を喜ばせることにしかならない。

「今回の件は、これまでの件以上に政治的判断を要求されています。ある程度まで捜査したら、それ以上は深掘りしないほうがこの国のためになるかもしれない」

「……それって、皇帝なのに泣き寝入りするってことですか？」

言葉を選ばない蓮珠に李洸は片眉を少し上げたが、咎める言葉は口にしなかった。

「内乱を招くよりいいでしょう。まあ、実際に軍部がどう関わっているのかは、近く翔央様から報告いただけるようですよ。調練ついでに、軍部内を探ってくるとおっしゃっていましたから」

「まさか、そのために怪我した身体で軍の調練に出られたんですか？」

「そんなところでしょう。あの方も貴女と同じく、ご自身で動きたがる方ですからね。たしかに、いまから小官の手の者を忍び込ませるより、もともと内部に居るあの方のほうが動きやすいのは事実です。身体を休めていただきたいのも本音なんですが。ままなりませんね」

李洸はため息をついてから、改めて蓮珠のほうを見た。

「今回の犯人の目的が最初から皇帝を誘い出すつもりだったのか、威妃だけを狙ったつもりであったかはわかりません。貴女は、威妃として威宮でおとなしくしていてくださいよ。よもや女官の格好で、後宮内を回って情報集めしようなんて思っていませんよね？」

相変わらず、目が笑っていない。ここは素直に頷いておこうと、コクコクと首肯すると、李洸は少し声を落とす。

「主上の……叡明様の足取りですが、ほぼ掴めたと思われます。ですから、もうしばらくは、気を引き締めて妃をしていてください」

叡明の行方がわかったと言う李洸に、蓮珠は彼の顔を見返した。彼は無言で問いかける蓮珠に小さく頷いてみせる。

「ええ、報告によれば、威妃もご一緒です。だから、本当に頼みますよ。今の威妃になにかあっては、ご本人がお戻りになる場所がなくなってしまいますからね」

笑えない冗談だ。取りようによっては、蓮珠が威妃のまま命を落とす可能性があると言われているようなものである。

「倉庫の件では、やむをえぬ事情とは言え、一部の方々に貴女の顔を見られてしまいました。この点も充分に気をつけてくださいよ。万が一にも、威妃の不在が威国側に知られれば、戦争ですよ？」

今日一番の重い言葉だった。蓮珠は改めて背を正し、表情を引き締めた。

「はい。重々承知しております」

蓮珠は続いて立ち上がり、拱手しそうになって止める。妃が臣下に拱手してどうする。蓮珠は心の内で自分を叱りつけながら、絹団扇で顔を隠して誤魔化した。

李洸は、半眼に呆れ顔で蓮珠を見る。

「本当に頼みますよ。……では、私は処理しなければならない案件がありますので、これで失礼します」

李洸が椅子を立つ。蓮珠は妃らしく、これをただ見送った。

李洸が宮を出て行くと、蓮珠は大きく息を吐いた。それを見て、茶器を片付けていた秋徳が小さく笑う。

「緊張しすぎじゃないですか？」

「まあ、そうなんですけど、なんか李洸さんに言われて、急に怖いこと考えちゃって」

「怖いことですか？」

「もし、わたしが威宮に居る間に暗殺されたら、威妃として葬られることになるんでしょうか?」

「本物の威妃様がお戻りになれば、最終的には身代わりだった者として改めて葬られるのでは?」

秋徳は茶器を片付ける手を止めて、小さな声で蓮珠の疑問に応じた。

「どっちにしろ、威妃だった誰かとして亡くなるわけじゃないですか。そうしたら、陶蓮珠はどうなるんでしょうか。なんだかわからないうちに死んだことになって、空の棺桶で葬式が出ることになるんですかね」

自分が自分ではないままに死んでしまうかもしれない。今さらになってそのことに気づき、とても怖くなる。

空の棺を前に、翠玉はなにを思うだろうか。家族をまともに見送った経験がないことは、彼女の先々に暗い影を落とすかもしれない。

自分たち姉妹は、郷里が火に包まれている中を拾われて都に連れていかれたため、家族の葬儀を行なうことはなかった。白渓の邑は国のほうで邑全体の葬儀を行ない、共同墓所が作られた。姉妹で墓参りに行けたのは、蓮珠が官吏になってからだった。

「いかに生きるかって話をしましょうよ。死んだ後のことなんて、自分じゃどうにもできないんですから」

秋徳が明るい笑みを作って言った。

「たしかにそうですね」

蓮珠は中庭の池に面した扉から、皇弟としての翔央が居所にしている白鷺宮のあるほうを見る。

「それに死んだ後にどう扱われるかは、いかに生きたかの表れです。どう生きたか、どう周りと接してきたのかが、顕著に出ますよ」

輿を呼ぶために部屋を出て行く秋徳の言葉を背中に聞きながら、蓮珠は翔央を思う。

「どう生きたか……」

今回、翔央はあやうく叡明として亡くなるところだった。そうなれば、国のために生きるという彼の決意はどこへ消えてしまうのだろうか。

蓮珠はいわゆる宗教上の神を信じていない。でも、翔央が一刻も早く本来の目的のために生きられる日がくることを、西王母に祈りたくなった。

「この宮にも祭壇はあったわね」

部屋に視線を戻すと、外からの日差しによって、部屋の中に蓮珠の影が色濃く落ちる。

「……主上が玉座に戻られる日は、威宮に本来の主《あるじ》が帰ってくる日でもあるわけか」

それは、蓮珠が官吏に戻る日であり、仮初《かりそ》めの婚姻が終了し、独り身に戻る日でもある。

苦手だったはずの武官であり、雲の上の人でしかないとわかっている皇族の一員。陶蓮珠に戻ったら、どれほど官吏として昇りつめたとしても、今と同じように言葉を交わすことはない。初めて逢ったあの時とは違う。蓮珠は彼が名もなき武官ではないと知っている。知っている以上は、相応に振る舞わねばならない。

この役目を終えて陶蓮珠に戻れば、念願の上級官吏への道が開かれる。なのに、戻りたくない、今のままで居たいという想いが心の何処かにある。

その想いは、蓮珠の頬を自然と緩ませてしまいそうで、同時に泣き出してしまいそうな奇妙な感覚にさせる。不安定な感情に身体のそこかしこまで落ち着かなくなる。

自分の中から溢れ出してしまいそうな感情を抑え込むように、両手で頬を押さえてみた。手のひらの端に感じる唇は、泣き笑いに歪んでいる。

「やだなあ、また、『なんて顔してるんだ』とか言われそう」

蓮珠は呟きながら、もう、無自覚にこんな顔は見せられないとも思った。

自分は嘘をつくのが上手くない。気を引き締めねば、すぐにでも想いを悟られてしまうだろう。その時、翔央が笑い飛ばしてくれるならまだいい。もし、彼に困った顔でもされたら、どうしていいのかわからなくなってしまう。彼にそんな顔をさせたくない。だから、この想いは抑え込まなければならない。

「わたしが一番不誠実だ」

大切だと感じるようになった人に嘘をつくのだ。何とも想っていないような顔をして。両手で押さえこんだ頬が、泣き笑いの顔から泣き顔に傾いていく。

「泣けるときに泣いておかないとね……」

不用意に想いが溢れ出してしまわないように。蓮珠は呟いて、扉にもたれる。一人きりの時間、たまには自分を甘やかしてもいいと思った。


蓮珠が呉妃の見舞いに彼女の居所である芳花宮を訪ねたのは、李洸と話してから数日後の午後だった。

呉妃は、自宮の庭を眺める露台に出て、長椅子で身体を休めていた。案内された蓮珠と目が合うと、彼女は身を起こして笑顔で迎えてくれた。

ずいぶんと怖い思いをしたはずなのに、蓮珠が思っていたよりも元気そうだった。

「急な訪問で申し訳ございません」

威妃でないことはバレているせいか、蓮珠も失礼がないように深々と頭を下げた。呉妃の侍女たちから見ると、災禍を呼ぶ妃が、その災禍に巻き込んだ謝罪に来たように見えているかもしれない。

「あら、助けてくださったのは、貴女だわ。私こそ頭を下げないと」

呉妃は、蓮珠の手を取って引き寄せると小声で囁いた。

「今の貴女が威妃であることに変わりはないのでしょう？　だから、これまでどおりにしてちょうだい」

蓮珠が遠慮がち顔を上げると、彼女は笑みを深めた。

「それとも、今この場で貴女が誰か教えてくださるの？」

「すみません、わたしには、ひとつしか言えません。わたしは、主上のために動く者です。あの方を裏切ることは、絶対ありません」

呉妃はしばらくの間、蓮珠の顔をじーっと見つめた。瞳の奥まで覗き込んでくるような強い視線に怯みそうになるが、ここで視線を逸らすようでは信用を得られない。そんな気持ちから、蓮珠もまた彼女の顔をじーっと見つめ返した。

しばらくすると、呉妃は口元に笑みを浮かべた。

「お客様をいつまでも座らせないなんて失礼よね。いいお茶があるの、すぐに席を用意させるわ」

呉妃は言うと、侍女にお茶の用意を指示するために蓮珠から離れた。

そこで急に喉の渇きを感じた。官吏になってからの蓮珠は、上司との仕事のやり取りで怯んだことはなかった。そこには、自分は間違っていないという強い思いがあった。だが、威妃であることはそもそも嘘の塊であり、常に正しくない自分が頭にチラつく。その上、自分のような者が偽者とはいえ妃だなんて、という違和感も拭えずにいる。

威妃を装う自分の足元はひどく不安定だ。だから、呉妃のような正真《しょうしん》な妃に対して、やや引け目がある。

用意された椅子に腰掛けた蓮珠は、すぐ近いところに置かれた花器に視線を吸い寄せられた。芳花宮の花紋である蘭だった。小ぶりな翡翠色の蘭の花が愛らしい。

「可愛らしいでしょう？　秀敬様がお見舞いにくださったの」

語る横顔が優しい。口元に微笑みを浮かべているのに、指先でそっと花を愛でる姿は、どこか切ない。

もしかして、呉妃の想い人は……。蓮珠は彼女がなにか話し出すのを待ったが、彼女はついにその話をしないまま、運ばれてきた茶器へと指先を転じた。

「主上はまだ寝殿にお籠もりのようね。お加減がよろしくないのかしら」

「ええ、まあ……」

蓮珠は曖昧に返した。本人は調練に参加する程度には回復しているが、皇弟として動くのに忙しく、『皇帝』は寝殿で療養中ということになっている。

「お会いになっていないの？」

「災厄を呼び込む妃は、とうぶん接近禁止と言われてまして」

皇帝でなく、周囲の言によるものだった。それと言うのも、使われた矢が相国禁軍のものと明らかにしていないために、威国による企てではという声が出ているからだ。

通常この手の動きは李洸によって抑えられるのだが、今回はまだ相手の狙いがどこにあるかを探っていることもあり、敵を見定める意味でも、口出しをしてくれなかった。

おかげで、翔央が負傷して以来、蓮珠は彼に会っていない。武官として宮城内を歩きまわっているなら、ちょっと顔を見せに来てくれればいいのに、と不満に思ってしまう。

それが顔に出ていたのか、呉妃はクスクス笑った。

「主上もさぞかし気落ちしていらっしゃるでしょうね」

「さあ、どうでしょう。あんがい羽根を伸ばしておられるのかも」

動き回るのが好きな翔央のことだ。執務室に閉じ籠もって決裁書類を仕分けしているよりも、調練で棍杖を振り回しているほうが気が楽だと思っているのかもしれない。

「あら？　貴女の言い方だと、主上は寝殿に籠もっていらっしゃるわけではなさそうね」

「え？　そ、そんなことありません！　主上が寝殿を抜け出してるなんて！　ありえません、絶対にです！」

慌てる蓮珠に呉妃が提案する。

「なら、様子を確かめに行きましょうよ」

「いえ、接近禁止の身ですから、お見舞いに伺うわけには」

「私はお見舞いに伺えるわ。貴女は侍女のフリをして金烏宮に入ればいいのよ」

呉妃がイタズラを思いついた子どものような顔をしている。この手の表情は出自に関係ないらしい。

「バレたら大騒ぎですよ」

「バレないでしょう？　だって、そういうのって、貴女の得意分野じゃない？」

なんだか、潜入専門の者だと思われているような。ごく一般的な下級官吏でしかないのに。蓮珠はなにか重いものが肩に乗ったような気がした。

「ですが……」

「主上に会いたいのでしょう？　会いたい人が会える場所にいるのなら、会いに行くべきだわ」

その瞳は、先ほどまでのような子どもっぽい輝きに満ちたものでなく、大人の女性の切なさを滲ませたものに変わっていた。

そうか。彼女は、会いたい人に会いに行けないのだ。蓮珠は、意識して明るい声で言った。

「女官のフリは得意ですが、呉妃様を巻き込まずとも」

「あら、女官の格好をしたからといって、主上に会えるわけじゃないでしょう。安心してお世話を任せられる者だとわかっていなければ、主上に近づくこともできないわ」

そのとおりだ。女官であれば、誰でもいいわけがない。皇帝のお世話をするのだから、信頼のおける者でなければならない。女官の格好をしたぐらいで近づけるようでは、いくつ命があっても足りないだろう。

「そ、そうですよね」

女官姿で執務室に入っていたせいで、蓮珠はあまり難しく考えていなかった。気になったら、ちょっと顔を見に行くぐらい、たいしたことではないと思っていた。

「玉体になにかあってはいけないもの。でも、大丈夫よ。私が機会を用意するわ。お見舞いを申し出るから、私の侍女に混ざって一緒に金烏宮に入ればいいのよ」

呉妃は蓮珠を皇帝にどうしても会わせたいようだ。何故そこまで、と思う気持ちが顔に出ていたのか、呉妃は蓮珠の沈黙に応じて言った。

「私、この前のお茶会で言ったことに嘘はないわ。主上の後宮に入れて良かったと思っているのよ。けど、それは主上をお慕いしているからではないの」

呉妃はそこでクスリと笑うと、同志の背を押すような視線を蓮珠に向け、続けた。

「ただ、その点はお互い様だと思うのよ。主上は貴女のことを大切に思っていらっしゃるようだしね」

たしかに叡明は誰かの宮に通うということはなかった。そして、叡明を演じる翔央もまた、威妃以外の宮に行くことはない。表から見れば、皇帝の寵愛は威妃一人のものだ。

もっとも、蓮珠と翔央の間に何があるわけでもない。彼は威宮には来るが、朝まで蓮珠とは別の寝室で寝ている。同じ寝室で朝まで過ごしたのは、酔って帰ってきた翔央がそのまま眠ってしまったあの夜だけだ。

なにもない。李洸は自分のことを一応は翔央の妃だと言ったが、その自覚が蓮珠にないのは、彼の妃だと実感するようなことがなにもないからだろう。

それを『大切にしている』というのだろうか。蓮珠は、呉妃になんと返せばいいのかわからず、手元の茶器を見つめ俯いた。

続く沈黙に、呉妃が小さく問い掛けてきた。

「ねえ。貴女はあの倉庫に閉じこめられた時、心の中で誰に助けを求めていた？」

唐突な問いに思わず顔を上げた蓮珠に、呉妃は少し離れた場所に控えている侍女たちに聞こえないよう、さらに小さな声で言った。

「私は、主上ではないある方の名を、声に出さないまま、繰り返し呼んでいたわ。私、幼い頃にも攫われそうになったことがあるの。その時も、そのある方の名を叫んでいた。そして、その方が本当に助けてくれたの。……恐ろしくてたまらない時に助けてほしいと願う人の名は、昔も今も変わらないわ」

それは、幼い頃から変わらぬ人を思っているということだ。叡明でなく、『ある方』を——おそらく秀敬を——慕っているのだと語る横顔を、蓮珠はうらやましいと思った。

威妃である今の蓮珠には、胸の内に芽生えた翔央を想う気持ちをそのまま口にすることができない。だが、威妃じゃなくなった時、下級官吏の蓮珠には、皇族である翔央を想う気持ちはよりいっそう口にできないものになる。

「だからかしら、一人くらい、主上に心から寄り添う妃が居たほうがいいと思う。私では、それは適わない。心というのは、自分でもままならないから」

心は自分でもままならない。いつだったか翔央も同じことを言っていた。今では蓮珠もそれを実感している。きっと身分に関係なく、誰もが感じている。

「わたしも一人だけ。どうしようもないと思った時にいつも心の中に思い浮かべる人がいました。いまも、その方のために……」

両親を亡くし、幼い妹と二人で郷里を離れて都に運ばれてきた。戦争孤児が官吏になるまでの道程は容易ではなかった。それでも蓮珠には自分を拾ってくれた人が、『天帝様《かみさま》』が居た。『よくぞ生きていてくれた』という言葉がずっと胸にあった。泣きそうな時も、自分の存在を肯定してくれたその言葉があったから、顔を上げていられた。

正体を知った今となっては、ますます雲の上の人だとわかっている。本来であれば、慕うことさえも許されないほどの相手だ。

それでも、人の心は自分でもままならないものだから……。

「遠目でもいい。ご無事なお姿を拝見することができたなら、わたしはまた前に進むことができます」

蓮珠の返答に呉妃は満足そうに微笑んだ。

蓮珠は呉妃に頭を下げた。声が聞こえない侍女たちには、威妃が改めて呉妃に謝罪しているように見えるだろうか。それでいいのかもしれない。後宮という場所は、常に表に見えていることと裏に隠されているものがある。そういう場所なのだから。

皇帝の寝所である金烏宮はほとんどの扉が閉ざされており、風通しが悪く、どこの廊下も薄暗い状況だった。

皇帝のフリをしている翔央が不在であることが多いため、宮内にいないのがバレないようという考えがあってのことだろう。蓮珠は呉妃の後ろに続く侍女の一人となって金烏宮の廊下を歩みながら、そんなことを考えていた。

呉妃がお見舞いに行くことを事前に伝えてあったため、皇帝は寝台の上などでなく人を迎える部屋の一つで呉妃を待っていた。

「芳花妃自らこの宮に来ていただくとはな。すまない」

自分の妃を他人行儀に宮の名をもって呼ぶのが叡明の常だったのか、翔央は抑揚のない声で言った。それに呉妃が顔を上げ、挨拶の言葉を返す。

皇帝の前であり、呉妃の侍女は皆叩頭している。久しぶりに聞く声に胸が熱くなるも、女官姿の今の蓮珠には直接顔を見ることはできない。

「思ったより、お顔色もよろしいようで何よりにございます。……と言うより、以前よりお元気そうですね」

少し戸惑ったような呉妃の言葉に、『そりゃあ調練で暴れてスッキリしているのだからら』と、蓮珠は内心で呟いていた。

「さすがに寝台の上までは大量の決裁書類も追って来ないからな。おかげでゆっくりさせてもらった。顔色の良さはそのせいだろう」

皇帝は寝殿での療養が必要な程度には負傷していることになっている。最重要案件以外は再び決裁が滞ってしまっているとなると、李洸としてはさぞかし頭が痛いのではないだろうか。

「そちらは恙《つつが》なく過ごせているか？」

蓮珠には馴染みのない、静かで冷たい、叡明を装う声。だが、呉妃にとってはいつもどおりの皇帝の様子なのだろう。彼女は安堵したように、再び後宮最高位の妃の一人として厳かに返した。

「はい。主上のご威光のおかげにございます」

続けて彼女は、見舞いとして許された時間を無駄にすることなく、本題に入った。

「主上が身の回りの世話をする女官をあまり置かれないことは存じておりますが、今はご不自由していらっしゃるのでは、と思いましたの」

そこまで言うと、呉妃はすぐ近くで叩頭していた蓮珠に声を掛け、顔を上げさせた。

「新しい侍女ですけど、大概のことは一人でこなせますわ。必ずや主上のお役に立ちますよ。しばらくお貸ししますね。あ、お返しくださるのは、いつでもかまいませんので」

顔を上げた蓮珠と目が合った瞬間、ごくわずかに目を見開いたものの、彼は兄帝のフリを続けた。

「たしかに少々手が足りない。……では、残ってもらおうか」

蓮珠は再び叩頭した。呉妃は短い挨拶をして、その場をあとにする。呉妃に続く者たちも部屋を出ていくと、翔央は元からの宮付きの女官に呉妃の見送りを命じた。

あとには、叩頭したままの蓮珠と翔央だけが残っている。

「いつまでそうしているつもりだ？」

その声は、呉妃にいつもどおりと安堵させた皇帝の声ではなかった。蓮珠にとっては耳に馴染んだ、翔央のよく通る力強い声だった。矢に傷つき、毒に苦しんでいた声ではない。

そのことが、蓮珠を深く安堵させる。

「どうした？　いいかげん頭を上げろ」

「いえ、その……安堵のあまり力が抜けてしまって……」

「なんだそれは？」

怒っていると言うより呆れている声に、蓮珠は恐る恐る顔を上げる。呆れているにしても、お説教は必須だろうという思いからだった。

「お前という奴は、本当にじっとしていてくれないな。見張りでもつけるか？」

翔央が近くに来るように蓮珠を手招きした。そこから本格的に説教が始まるかに思えたが、蓮珠が翔央の近くに寄ったところで、思い切り引き寄せられた。

床の人になっている設定のため、翔央は薄絹の夜着に褙子を羽織っただけの姿だ。引き籠もりの皇帝と言うには鍛えられた力強い身体に、蓮珠は緊張した。

「ゆっくり礼を言うことができなかった。……お前のおかげで腕を切り落とすこともなくすんだ。ありがとう」

「そんな、……もったいないお言葉です。ご無事で何よりでございました」

気づいた想いが溢れないように言葉を選んだつもりだったが、身を離した翔央はやや堅い言葉遣いに小首を傾げる。

「その……どこで誰が聞いてるかわからないんで。見送りに出られた方々もすぐにお戻りになるでしょうし」

蓮珠の言葉を受け止め、翔央は手を離すと、皇帝と女官の距離を作った。

「そっちはどうだ？　呉妃たちはともかく、威妃も恙なく過ごせているか？」

「威宮で自主的に謹慎していることになっていますから、特にどこで誰かになにかを言われるでもなく過ごしております」

翔央は頷いたあと、部屋の出入り口のほうを見て、囁くような小声で確認してきた。

「呉妃には偽物とバレたか？　いまのところ、こちら寄りのようだが」

「申し訳ございません。わたしの威国語の発音が、公主の出身である威国中央地域のものでないことにお気づきになられて……」

謝る蓮珠を翔央は片手で制した。

「いや、良くやってくれた。呉妃がこちら寄りなのは、お前のおかげだろう。その点はこちらとしても助かる。彼女は後宮内でも味方につけといて損はない妃だからな」

翔央の言葉に蓮珠が首を傾げると、彼は言葉を続けた。

「呉妃は昔から聡明で知られる女性だ。妃という位だけでなく、その穏やかな人柄もあって、後宮内でも一目置かれている。彼女が威妃と親しくすれば、後宮内の威妃に対する風向きも変わるだろう」

それは、たしかに味方につけて損のない存在だ。そう言われれば、例のお茶会の時、他の二妃は呉妃から話を聞いて威妃への印象を変えたようなところがあった。呉妃の発言に対する信頼度が高いのだろう。

「後宮内の情報のほとんどが呉妃の元に集まる。それに対する彼女の反応で、後宮内の大勢が決まるほどだ。本人もそのことを自覚している。彼女は言動のひとつひとつに考えがある。その頭の良さを倦厭《けんえん》されて、英芳兄上の後宮には入れなかったというくらいにな。まあ、秀敬兄上は密かに安堵していたが……」

蓮珠は思わず目を見開いた。秀敬のほうも呉妃に思うところがあるようではないか。蓮珠は少し翔央のほうに身を乗り出した。

「その……主上は飛燕宮の方と親しくされていらっしゃるのですか？」

話題の方向が変わったことに、翔央は少し首を傾げつつも答えてくれた。

「俺の宮は、秀敬兄上の飛燕宮と同じ内宮の西側なんでな、なにかと交流はある。同母でないから傍目には交流がないように思われるだろうが、お互い帝位に縁がない気楽な身だから、二人で朝まで書画の話をして過ごすこともあった」

李洸によれば、翔央は絵ばかりでなく書においても筆を揮《ふる》うらしい。李洸曰く、上手すぎて叡明の代筆にならないそうだ。双子は、見た目こそそっくりだが、それ以外の部分では色々と似ていないようである。

「秀敬兄上の母妃が呉家の遠縁の女性だ。そのため、呉本家が仮実家だったらしい。幼い頃からよく知る呉妃は、兄上にとってもう一人の妹のようなものらしい。だから、ご心配なのだろう」

話題が呉妃に戻る。蓮珠としては『もう一人の妹』という言葉を残念に思えばいいのか、呉妃の立場を思うとそのほうがいいのか、複雑な気持ちになる。

「だが、油断するなよ。呉妃は好意的でも、あれの後ろには呉然《ごぜん》がいる。問題はそこだ」

急に翔央の声が厳しいものになる。蓮珠は反射的に背を正した。

「呉大臣がいることが、どのような問題に？」

翔央は眉を寄せ、呉妃が出ていった扉のほうを睨み据えていた。

「呉然は、公言こそしていないが威国との和平に思うところがあるようだ。お前の証言から白渓焼失当時の和平派と強硬派を調べ直したところ、呉家の名前も浮上してきた。威妃の入宮に関しても、先帝に再考するよう何度か言ってきていたらしい。まあ、そこは娘を入宮させるにあたって目障りだったともとれるので断言はできない。ただ、呉然に関しては、叡明も色々と調べていたようだから、気をつけておいたほうがいいかもしれない」

呉大臣とは後宮の庭で、一度会ったことがある。彼が呉妃を訪ねてきた帰りのようだった。新たな秋宮が、怪談の定番にならないことを祈る……というようなことを言われた。

女子ども相手に怪談話をしたがるのは、年配男性によくあることで、許次官も新人の女官吏を怖がらせては楽しそうにしていた。だが勤続十年ともなると、だいたいどこかで聞かされた話ばかりで、蓮珠としては少しも怖がる気にはなれない。なので、呉大臣の話もさほど気にしていなかった。だが、思い返せば、ずいぶんと物騒な発言である。威妃の身に良からぬことが起きる前提になっているようにも聞こえるのだから。

小柄な老人ではあったが、今振り返れば、表情にも発言にも裏があるようにしか思えなかった。なのに、その裏が何かは悟らせない、そういう人物だ。

「よく聞け。威妃狙いでなく、皇帝狙いだと言うなら、これまでとは話が違ってくる。俺の近くにいるほうが危険だ。だが、離れていれば安全というわけでもない。俺が近くに居ないことで、気をつけなければならない人物が近づいてくることもある」

翔央は蓮珠の目を見て、諭すように言った。

「お前には護衛を兼ねて秋徳の他にも数名の宮付き宦官をつけているが、どうしても護衛の配分は皇帝に偏る。叡明ならともかく、俺にはそこまで警護は要らないんだが、この状態では言ったところで、李洸に笑われて終わりだ」

翔央は自分の肩に手をやり、苦笑いを浮かべた。

「だから、お前自身がくれぐれも気をつけてくれよ。今日みたいに護衛の目を誤魔化して一人で行動するというのは、本当に最後にしてくれ。こんなことを続けられては、俺の気が休まらない」

翔央に軽く睨まれて蓮珠は素直に反省の態度を示した。

「すみません」

「……李洸から聞いているな？　働き者のお前にとって、威宮でジッとしているのは苦痛だろうが、あと少しのことだ。威妃が戻ったら、堂々と国のために動けるからな」

ハッキリとした言葉で確かめ合うことなく、暗号のようなやり取りだけが続く日々がもうすぐ終わる。

「早くお戻りになるといいですね」

蓮珠は笑顔を作った。自分の中に、彼に対するどんな想いもないフリをして。

翔央と李洸の言に従い、威宮に籠もって三日。今度は、呉妃が威宮を訪ねてきた。

「金烏宮に乗り込んで行ったかと思えば、今度は一転して威宮に引き籠もり？」

呉妃は夏らしく、涼しげな淡い若葉色の襦裙《じゅくん》姿だった。対して、蓮珠は夏空の色が裾に向けて白に変化していく襦裙で迎えた。ただし、互いに褙子を羽織った寛いだ格好をしている。公式の訪問と言うより、親しい友を訪ねるような形式だった。

「自主的に謹慎しているだけです。主上にもおとなしくしているように言われてしまいました」

蓮珠が言うと、呉妃は楽しそうな顔をした。

「まあ、どんなお話をしたのかしら。ぜひ聴かせてほしいわ。麗彩《れいさい》高地のお茶が手に入ったの。どうかしら？」

呉妃の侍女が持っていた小籠を秋徳に渡した。

威宮の中庭にある池を眺める露台に用意した席でお茶が出てくるのを待つ間も、呉妃は好奇心に満ちた表情で蓮珠を見てくる。

「そう面白い話でもありません。いろいろ妃らしくないことをやりすぎました。斧を振り上げたりとか」

　蓮珠としては最高に妃らしくない姿を晒してしまった話だったが、呉妃は意外そうな顔をした。

「あら、斧振り上げたくらいじゃ、周妃も許妃も驚かないわよ。許妃自身は入宮した夜に長槍を振り回していたくらいだもの」

　たしかに許妃は『主上は少しぐらいやんちゃでも許容してくれる』というようなことを言っていたが、それは、やんちゃの範囲で済む話なのだろうか。

「なぜ槍を……？」

「自分の宮にお渡りになってほしくなかったからじゃないかしら。許妃は男子が居なかった武門の家で、いずれ自身が戦場に出ることも覚悟していたらしいの。それが、一転して戦いが終わった途端に『妃として入宮しろ』って話になったから、かなり反発があったんですって。私もそうだけど、主上は帝位に就かれるまで、特に人前に出ていらっしゃる方でもなかったから、鶯鳴宮の方とどれほど違うのかわからなかったのよね」

　悪名高い英芳の妃になることは避けられたが、そもそも叡明がどんな人物かわからず警戒していたということらしい。

「主上の反応は？」

「それが『頼もしいな。自分では長槍など持ち上がりもしない。ぜひ敵から自分を守ってくれ』とおっしゃったそうよ」

それは弱すぎる。即位前に威国との戦いが終わって本当に良かった。蓮珠は本当に見た目以外は似ていない双子だと小さく笑う。

「それを許妃から聞いて、主上は意外と肝が据わっていらっしゃる方だって話になったの。なにせ、知っていることと言えば歴史学者で、普段は宮に籠もっている皇子だってことぐらいだったから」

「まあ、女傑で名高い朱皇太后がお育てになったのですから、見た目の印象よりお強いと思いますよ」

「言われてみればそうね。朱皇太后と言えば、まだ威国との戦いが激しかった時期の華国から相国に嫁いでいらしたり、双子は不吉などと言われても、両皇子ともご自身でお育てになったりと、本当にお強い方ですものね」

さすが後宮のあらゆる情報が集まってくる呉妃だけあって、先ほどから蓮珠の知らない話が次々と出てくる。

「その主上におとなしくなんて言わせるのだから、貴女の妃らしくないことは、斧振り上げたぐらいじゃないんでしょうね」

「……ご想像にお任せします」

ちょうどいいところで秋徳がお茶を運んできた。蓮珠は言葉を濁して、これらの話題を切り上げた。

すると、呉妃は運ばれてきた茶器を見つめてから、小さな声で疑問を口にした。

「想像と言えば、あの男たちは何処から逃げたのかしら。あの倉庫に出入り口はひとつしかないはずなのに、煙のように消えてしまったわ」

「そこなんですよね。……いえ、そもそもどうやって入ったのでしょう？」

倉庫の扉の前には紅玉を待たせていたし、呉妃の侍女だっていたというのに。蓮珠は考えを巡らせて空を見上げる。

水路に浮かんでいた以上、男達は倉庫を脱出し、雇い主に失敗を報告したはずだ。そして、その失敗の代償と口封じにより命を失った。だが、李洸からは倉庫の中を調べさせたが出入りした痕跡は見つからなかったと聞いている。

「でも、どうしてあの倉庫にいるところを狙ったのかしら？」

茶器を手に蓮珠が考えていると、呉妃がさらなる疑問を口にした。

「それは、私たちが二人きりになったからでは？」

「倉庫の前までは、貴女も私も侍女を伴っていたわ。倉庫に入るところから見ていたら、あんなふうに二人のどちらかが侍女だなんて思う？」

これは妃らしい発想だった。蓮珠は根が官吏なので常に侍女を伴っているという感覚がなく、それを考えていなかった。

「最初から倉庫に潜んでいたとおっしゃるんですか？　でも、倉庫にわたしたちが来るかどうかなんて、わからないじゃないですか」

大きく首を傾げたところで、呉妃が茶器を卓に置いた。

「そこよ、威妃。あの男たちが最初から威妃を狙っていたとして、どうやって貴女が倉庫に来ると知ったのかしら？」

「わたし自らが倉庫に茶器を探しに行ったのは偶然ですよ。潜んでいたとは思えない」

蓮珠が首を振って言うも、呉妃は急に押し黙った。そして、しばらくしてから蓮珠の言葉を否定した。

「いいえ。そこは私も貴女が『自分が探しに行く』と言い出すと思っていたの。だって、貴女は後宮のどこに何があるか誰よりも詳しい。廊下になにが置かれていても、何処かの廊下を抜けて威宮に戻っているし、必要な物を隠してもどこからか出してきて使っている。そう皆が言ってたわ」

「皆……ですか？」

「ええ。主に私がいる東五宮の妃嬪が。だから周妃も許妃も止めなかったのよ、貴女が倉庫に行くと言っても。なにも不思議に思わなかったから。むしろ、貴女なら誰よりも早く茶器を手に戻ってくる気さえしていたわ」

いつの間にか、後宮内で謎の信頼を得ていようとは。この点は、威妃本人が戻ってきたときに褒めてもらえるかもしれない。いや、目立ってしまったという点で、結局叱られる気もする。蓮珠は手にしていた茶器に隠れて、小さくため息をついた。

それを聞きとがめることなく、呉妃は続けて言った。

「それで私も話をするのにちょうどいいと思って後を追ったの、貴女を手伝ってくるって言って。茶器程度ならば、誰もこれ以上手が必要だと思わないでしょ？　狙いどおり誰も来なかったわ。貴女を追おうとしていた余氏様も、足りてると思われたのか、結局いらっしゃらなかったもの」

なるほど、翔央の評価どおり、呉妃は考えあって動く女性らしい。蓮珠は感心し、同時に彼女なら自分と違って、後宮の妃らしい発想で事の真相を見抜けるのではないだろうかと思い、ずっと頭にあった疑問を口にした。

「それにしても、どうして連れ去ろうとしたのでしょうか。わたしが――威妃が邪魔なら、その場で殺してしまうほうが早い気がするのですが」

するると、間を置かずに呉妃は答えてくれた。

「そこは、威妃を得た者が帝位を得られるからじゃないの？」

蓮珠は、逆にその言葉の意味するところを飲み込むまでに少し時間が掛かった。

「それは、つまり……威妃を得られれば帝位に就ける立場にある方が、誘拐犯の背後に居ると言うことですか？」

慎重に言葉を選んで問い掛けるが、呉妃は思考を悟らせない静かな表情を浮かべる。

「さあ、そこまでは言わないわ」

言葉を濁す呉妃に蓮珠は、この止めるべき言葉をわきまえているあたりが妃らしさなんだろうな、と思う。自分ならさらに踏み込んでしまうところだ。

「一つだけ言えることは、秀敬様は絶対違うということね。あの方はすでに皇位継承権を放棄なさっているんだもの」

「七歳の明賢様も違うと言えるのでは？」

「さあ。あの方の周りの大人たちがどう考えているかによるのでは？　でも、威妃を得ることは無理でしょうね。それなりに頭が回る大人であれば、主上も威妃も退かす方法を考えるのではないかしら」

「……では、翔央様も疑わしい？」

「翔央様は自ら武官におなりになったくらいですもの、皇位継承を放棄されているのと変わらないわ。それに主上は、裏のある方を見抜けず近くに置きたがるような方ではないと思うの」

それは背後に誰が居るか答えているのと変わらない。

押し黙った蓮珠をそのままに、呉妃はすぐ近くに控えていた秋徳に茶器を差し出す。彼が離れるのを確認してから、彼女は蓮珠に小声で言った。

「私はね、秀敬様に累が及ばないのであれば、なにに気づいていても、声を上げるつもりはないの」

その厳《おごそ》かで大胆な宣言に、蓮珠は言葉を失う。

「私はこの後宮が乱れることを望んでいないわ。だって、結ばれなくても、皇帝の妃であることで、あの方のために何かできる立場では居られるから」

それで充分だと言う横顔は、しかし、満たされているようには見えなかった。

後宮という場所は、好きな人と結ばれることが難しい場所なのだ。蓮珠は呉妃の顔を見つめ、そう思った。

「あら、そろそろ戻らないと。夕餉《ゆうげ》の時間になってしまうわね」

夏の夕暮れはひっそりとやってくる。濃くなっていく藍色の空に気づき、呉妃が侍女に帰り支度を指示した。

相国では、後宮の宦官や女官、それぞれに専用の食堂が用意されている。

宦官や女官には、宮付きの者とそうでない者がいる。後宮内の管理運営を担当する部署があり、そこに所属する宦官や女官は、蓮珠たち官吏と変わらないお役所仕事をしている。だが、後宮勤めの者は基本的に宮城の外へ出られる仕事ではない。

そのための食堂で、女官や宦官は時間になると持ち場を離れ交代で食事に向かう。これに伴って、朝餉と夕餉の時間帯は後宮内の人の動きが激しくなるので、妃嬪たちはできるだけ自宮で過ごすようにしていた。

なお、食堂で料理を作っているのは数年前まで戦地で炊き出しを担当していた者たちで、出てくるのも戦場飯のようなものらしい。元が翔央の部下で武官だった秋徳は、懐かしいと喜んで食べに行くが、桂花や紅玉からは大味で量が多いと不評だ。

外朝にも皇城司のようにずっと宮城内にいる仕事をしている者がいるため、宮城勤めであれば誰でも利用できる食堂があるにはある。後宮の食堂と同様に元炊き出し担当が料理を出している。だが、官吏は宮城の内外をわりと頻繁に出入りするので、安くて美味しい外の食堂を使う。蓮珠は宮城内の食堂で食べたことがない。

威妃としての蓮珠の食事は、威宮で作られている。この各宮で作られる食事は、宮ごとに雇われた調理人が宮の主のためだけに作る貴人専用の食事だ。もちろん美味しいし、皿数も多い。でも、一人で食べるより食堂でわいわい食べるほうが美味しいのに、とは思っている。

都に来るまでは家族と、都の養護院では同じ親を亡くした子どもたちと、官吏を目指していた頃は同じ科挙受験生の友人たちと、官吏になってからは妹と。蓮珠は常に誰かと食事を共にしてきた。

「すみません、ついどなたかと話しながらお茶を飲めるのが楽しくて、お引き止めしてしまいました」

見送りに立ち、蓮珠が呉妃に謝罪すると、彼女は自分も楽しかったからと笑ってくれた。

「ああ、そうだわ、貴女に一つ頼み事があったの。お見舞いに行った限りでは、意外とお元気そうではあったけど、主上の快癒祈願を行なおうと考えているの」

これもまた蓮珠にはない後宮の妃らしい発想だった。命に別状なく、決裁案件を止めないでくれれば、いくら病床にいても、特に問題ないというのが官吏の本音である。

「東五宮の妃嬪には声を掛けてあるわ。西五宮のほうをお願いできるかしら」

「承りました。皇妃だけでよろしいんですね？」

「ええ。飛燕宮にも白鷺宮にも宮妃は居ないから。もっとも、唯一の宮妃としてお声がけした鶯鳴宮妃の余氏様は、体調不良のため参加されないそうだけど」

余氏が体調不良と聞いて、蓮珠は慌てた。見舞いもしないままでは、彼女の威妃に対する心象は悪くなるばかりだ。

「存じませんでした。では、お見舞いに伺わないと」

蓮珠が言うと、呉妃が小さく首を振る。

「やめたほうがいいわ。お立場の問題……英芳様にご遠慮なさってのことだろうから」

蓮珠はハッとしてうなずいた。英芳と皇帝の不仲はすでに宮城内の誰もが知るところとなっている。その妃同士だけ仲良くとはいかないようだ。

「貴女は主上の妃嬪の中でも特別な存在だわ。その貴女の見舞いを受けた余氏様が、英芳様にどう言われるかわからないし」

「そうですよね。余氏様が叱られでもしたら」

蓮珠はいつだったか怒鳴りこんできた時の英芳を思い出し、ゾクッとした。

「それに余氏様……と言うより、鶯鳴宮には気になる噂があるの」

呉妃はさらに声を潜め、本当に蓮珠にしか聞こえぬ声でその噂を口にした。

「皇城に入れるとは思えない市井の者の姿を、宮で見たという話があるのよ」

「それは……ただの噂ですよね？」

皇城に入ることを許されているのは、相応の信頼を得ている者であり、それは通常身分で保証されている。そして、身分ある者は皇城内を身分がわかるような服装で歩くのが決まりである。官吏であれば官服を着用し、その色で身分の高さを遠目にわかるようにしている。

だから、怪しい者を招き入れるにしたって、皇城内を歩かせるのに相応しい衣服を着せるものだ。今の蓮珠が後宮の妃を演じるために繊細な芍薬の刺繍を施した薄絹の襦裙を身にまとっているように。

「さあ。……でも、この噂から二つ気をつけなければならないことがあるわ。一つは、以前ならば皇后候補だった余氏様に、こういった良くない噂は一切流れなかった。なのに、今ではまことしやかな悪評が流れてくるようになったということ。これは、余氏様の後宮でのお立場に確実な変化が起きたということだわ」

そもそも次期皇帝との声が上がっていた英芳には、周囲に対して高圧的なところがあり、反発する者も少なくなかった。だが、結果的に叡明が皇帝となり、この二年で朝廷内の英芳派と反英芳派の勢いが逆転した。その流れは、確実に後宮内にも影響しているということだ。

「もう一つ。不用意に近づいて、もし噂の『市井の者』に襲われでもしたら、後宮を出て行くのはこちら側だということ」

蓮珠はハッとして呉妃を見つめ返した。

彼女が口にした出来事は、すでにあの倉庫で起きかけたものだ。

もし、鶯鳴宮で目撃された市井の者たちが、倉庫で威妃を拉致しようとした者たちだとしたら大変なことだ。威妃拉致を指示したのが鶯鳴宮に住まう者だということになるからである。つまりは、英芳、あるいは同じように命じる側に居る余氏が、『皇城内に怪しい者を招き入れて皇帝の妃を襲わせた』ことになる。

後宮では昔から皇帝の寵愛を欲して陰惨な事件が起こってきた。だが、それは後宮の中で発生し、中で完結する。そこに皇帝に対する悪意は基本的に見受けられない。だが、わざわざ市井の者を使って拉致させた場合、皇帝が妃を身分の卑しい者に寝取られたという話になる。これは皇帝への悪意が明らかに含まれている。

しかしそうなると、これは先ほどの話にあった『威妃を手に入れて皇帝になる』とはまた別の狙いがあって動いている者が居ることになる。

入宮式から考えると、皇帝と威妃の両方を狙った西王母像の倒壊の件、威妃だけを狙った毒針の件、倉庫での威妃拉致未遂の件、皇帝に弓矢を放った件。並べると、対象も手段もバラバラだ。

当然そのことに気づいているのだろうが、呉妃はそのことには触れず淡々と話をする。

「主上以外の手がついたとなれば、たとえ襲われたのだとしても、妃として穢されたことには変わらない。私たちは主上の妃嬪として、それだけは避けねばならないわ」

後宮での不義密通は大罪だ。たとえそれが企てに引っかかってしまったのだとしても、追放は免れない。

だから、鶯鳴宮には近づかないことだと忠告を残して、呉妃は威宮をあとにした。


呉妃を見送り、蓮珠は鶯鳴宮の噂に関してもう一度考えてみた。

帝位を狙う人物がいるとすれば、筆頭は英芳だろう。次に明賢の周囲の大人たち。このうち、威妃を手に入れる意味があるのは英芳だけになるだろう。明賢は六歳、威妃を拉致したところで、手に入れることができないだろうから。

そうなると、威妃の拉致は英芳、もしくは英芳派の狙ったことと考えるのが妥当だ。これであれば、威妃を拉致しようとした者たちが倉庫から消えた仕組みも想像がつく。

宮城には、敵襲を受けた際の秘密の脱出路があり、それは皇族だけが知っているという話が昔からある。あの倉庫に、その皇族しか知らない脱出路があるのではないだろうか。

そして、皇族である英芳はそれを知っていたはずだ。

だが、威妃を手に入れたい英芳が、市井の者を雇い、そのまま皇城内を歩かせるだろうか。威妃が市井の者に穢されたことになっては、帝位を得るという目的は達成されない。

それに、威妃拉致以外の件を明賢の周囲の大人たちが企てたとするのもしっくりこない。まず威妃だけを亡き者にしても、帝位が明賢に転がり込むというものではないはずだ。年齢的に英芳が皇帝になると考えるのが普通だろう。明賢派は、皇帝、威妃だけでなく英芳にもいなくなってもらわないと最終目的が達成されない。そして、その三つが狙いと思われる事件はまだ発生していない。

となると、他の件も英芳か余氏によるものとなるのか。

「……なんだろう、どれも絵合わせができているようで、できていないような」

絵の欠片を集めて一つの絵が見えるようになるには、なにかまだ足りていないものがあるように思える。

「茶器を倉庫にとりにいくきっかけは、余氏様が茶器を一つ割ったことにあるのよね」

蓮珠が倉庫に行ったのも彼女が茶器を割ったからだったのだから。威妃を拉致しようとした男たちが倉庫に潜んでいたのであれば、この余氏の行為は、倉庫に蓮珠を誘い込むためのものだったということになる。

「でも、そうなると余氏の目的が威妃を市井の者に穢させることになっちゃう。それって、帝位が欲しい英芳様が望むところとは違うんじゃ……」

鶯鳴宮の二人の狙いと目的は一致していたのだろうか。もし、不一致なのであれば、そこからなにか見えてこないだろうか。

それがわかれば、一連の事件に決着がつく。皇帝として翔央が狙われることも避けられるはずだ。

李洸は翔央におとなしく療養していてほしいと言っていた。彼は、誰よりも翔央の状態を正しく把握している。その彼がおとなしく療養してほしいと思う程度にしか、翔央の調子は回復していないのだろう。今また同じように襲われれば、怪我では済まないかもしれない。

「主上がお戻りになるまでの間だけでも、波風が立たなければそれでいい」

蓮珠はそう呟いていた。

呉妃が『秀敬様に累が及ばないのであれば』と言った気持ちが、蓮珠にも理解できる。主上が戻った後で皇帝とその兄がどう政争を繰り広げようとかまわない。ただ、翔央が皇帝のフリをしている間は、もうなにごとも起きてほしくない。

だが、翔央自身は叡明が戻るまでに国内の膿を出し切るつもりでいるようだ。蓮珠はそれが怖い。戻ってくる叡明を危険から遠ざけるために、翔央は自ら危険に近づいている気がするからだ。

せめて、翔央が動かなくても、李洸のほうで事態を解決できるだけの材料があればいい。それをどうにかできないだろうか。

蓮珠は唸りながら考えてみた。その結果、一つの答えに辿り着く。

「狙われているのは威妃なんだから、私が威妃の姿をしていなければいいんだわ」

翔央や李洸がこの場にいたなら、すぐさま全力で止めただろう。だが今は、そのどちらも蓮珠の傍にいなかった。

蓮珠は自室に戻ると、皇帝執務室へ通うために使っていた、女官に変装するために必要な衣装などを引っ張り出す。

「なんとかなるでしょ。正直、妃やってるよりはそれっぽいし」

仕える側の言動は、わざわざ誰かを真似しようとしなくても出てくる。そのあたり、官吏として長年勤めてきたのだから自信があった。

翌日の朝餉の後、蓮珠は体調不良と称して寝室に籠もると、一人でせっせと妃姿を女官姿に改め、威宮を抜け出した。

「やっぱりこういうお勤め姿のほうが落ち着くのよね。しょせんは、妃でなく庶民ってことなのかしら」

独り呟けば、どうにもならない胸苦しさがこみ上げてくる。長裙で歩くことにもだいぶ慣れた。結い上げた髪にぶら下がる髪飾りの重さも気にならなくなった。でも、それは妃のフリをすることに慣れただけであって、妃になれたわけではない。どんな姿であろうと、自分は白渓出身の女官吏陶蓮珠でしかないのだ。

「……そんなの、最初からわかっていたことじゃない」

蓮珠は思い切り首を振った。今は鶯鳴宮の噂の真相を探ることに集中すべきだと、目の前の鶯鳴宮を睨み据える。

まず探るのは、余氏のいる鶯鳴宮の北西部だ。

「鶯鳴宮って、思ったより狭い気が……」

皇帝・皇后候補だったころの貢ぎ物だろうか、鶯鳴宮はその規模に比べて物が多い。よく言えば豪華、悪く言うと雑多な印象だった。

ただ、物に溢れた状態のわりには人が少ない気がする。朝餉の後のこの時間帯はどこの宮も洗濯や掃除などをしている。だから、部屋を出入りする女官と廊下ですれ違うことも多いはずなのだが。

「誰かに遭遇して騒がれる心配がないのはありがたいけど、なんだか変な感じ」

肝心の余氏はどこにいるのだろうか。蓮珠が周囲を探っていると、人気のない宮の奥から声が聞こえてきた。女性が甲高い声でなにかを訴えている。周囲を警戒しつつ、なんとか言葉が聞き取れるところまで近づいてみる。

「なぜですか！　わたくしは英芳様のために、あの女を！」

「その女一人を連れて来るために、どれだけのお金を使いましたか？　あげく二度とも失敗？　力量不確かな、下町の者などを使うからです。しかも、あの手の者たちは口が軽い。雇っていたのが貴女だとバレたら、どうなります？　別件についても疑われることになる。そうなれば、あの方のお立場がますます危うくなっていくんです。いいですか、あの方が皇帝になったとしても、もはや貴女は皇后にはなれないんです。これまでと同じように勝手なことをした時、あの方ももう庇う気などありませんよ」

女性の嘆きが続いている。対する男性は、冷たい言葉を投げつけるばかりだ。

女性は余氏で間違いないようだ。男性のほうは発言の内容から英芳の側近ではないかと思われる。

やがて、泣き叫ぶ余氏をそのままに、男性が部屋を出て来た。

とっさに、控えていた女官のフリをして拱手する。

「お送りいたします」

「不要だ」

そう言われて諦めてしまっては、ここまで来た意味がない。男性の姿が廊下をある程度進んだところで、蓮珠はゆっくりと立ち上がり、その後をそっと追った。

なんとか、前を行く男性の顔を見て、その特徴を覚えたい。それができれば翔央に似顔絵を描いてもらえる。下町の酒場で声を掛けていた人物と同じか否かの確認が取れる。

危険は承知している。捕まるわけにいかない。遠目にでも顔をちゃんと見ることさえできれば。蓮珠は男性を見失わないよう必死になって追う一方で、焦ってもいた。

男性は足早に宮の中心部のほうへ向かっていく。蓮珠は柱や廊下の角で身を隠しつつ、慎重に男性の後ろ姿を追った。つまりは、前を行く男性のほうばかりを見ていた。だから、背後に忍び寄っていた存在に気づかなかった。

「なんだ、その見え見えの尾行は？　……おまえ、見ない顔だな」

声はすぐ後ろでした。手が蓮珠の首に触れる。人の手が触れたのに、ひどく冷たく感じた。振り向く間もなく、首筋に衝撃を受ける。

「わかったか。気づかれずに後ろにつく、これが尾行ってもんだ」

薄れゆく意識の中で、そんな言葉を聞いた気がした。

第七章　偽りの花、華色を正す

「いいかげん起きたらどうなんだ、寝汚い女め」

鋭い声で意識が浅瀬に引き上げられた。少し遅れて顔に水を掛けられ、蓮珠は完全に目を覚ます。

寝台の上、身を起こせばそこには英芳が居た。

「目を覚ますのを待っていたが、呑気に寝過ぎだろ」

蓮珠は、反射的に自分の衣服を確認した。女官服の襟元に乱れはない。どうやら寝込みを襲われたというわけではないようだ。意外に紳士だったのか。

「一介の女官をこのような寝台で眠らせてくださるなんて、お心遣いに感謝します」

「一介の女官じゃねえだろ。ちょろちょろしてるのを痛めつけたら自分の妃の侍女でしたじゃ笑えないから、念のため余氏に確認した。あんた……威妃なんだってな」

蓮珠は寝台の上で思わず後ろに身を引いた。

倉庫の一件では、扉を開けようとなりふり構わず斧を振り上げた結果、蓋頭が落ちてしまった。その思い出したくもない恥ずかしい姿を、余氏にも見られている。

「では、それを知ったから、寝台を使わせていただいたのでしょうか。いずれにせよ、感謝をしなければ。ありがとうございます」

好意的に解釈した次の瞬間、本人にそれを崩される。

「何言ってんだ。いただくなら寝台の上のほうが都合がいいってだけだ。起きるのを待ってやったのは、泣き叫ぶのを見なきゃ楽しめねえからだ」

やはり、呉妃たち三妃はこの男の後宮に入らなくて正解だと思う。腹が立つ男だ。

「いや、まったく連れてこさせる手間が省けて助かったぜ。余氏がとろとろしてる間に自ら俺のところに飛び込んでくるんだもんな。まあ、これで玉座は俺のもんだ」

拉致はやはり英芳の企てだったようだ。余氏に茶器を落とさせて倉に向かわせたのも、彼なのだろう。

ただそこに、市井の者に穢させるという別の要素を持ち込んだのが余氏というところだろうか。

英芳が威妃を手に入れることとは、英芳にとっては皇帝になることに繋がるが、余氏にしてみれば、皇后位への望みを失うことに繋がる。英芳が帝位につくには、威妃の存在は避けられない。だからこそ、余氏はその先を狙ったのだろう。皇帝以外の手が着いた妃が皇子を生んでも、血統の疑わしさからその皇子は帝位につけない。つまり、威妃は皇太后にはなれないのだ。英芳の寵姫である余氏ならば、皇后位につけずとも、次期皇帝になる皇子を生んで、皇太后位にはつける可能性がある。生家に託された入宮の最終的な目標は、それで叶う。家の栄達を背負わされている彼女は必死に考えたのだろう。もちろんそこに英芳の寵を受けることになる威妃への嫉妬もあったのだろうが。

英芳は余氏の焦燥を理解した上で、彼女を利用しようとしたのだろうか。だとしたら、話で聞いている以上に、女性を道具のように扱う人だ。

「なんだよ、その目は。ちっとは怯えて、俺を楽しませてくれよ」

つい、睨んでいたらしい。英芳が苛立ったように言った。

「はあ？」

身勝手な言い分に思わず声が出た。

「それなりに声が出るじゃねえか。そのほうがいい」

大きな手が蓮珠の起こした身体を再び寝台に突き飛ばす。

「やめ……」

そのまま英芳の手が襟をこじ開けに掛かってくる。必死に抵抗するも蓮珠の力では勝てない。

翔央の名前を叫びたくなるのをこらえて、唇を噛みしめた。すると、英芳の手が止まる。

「つまんねえな。口を開けよ、泣き叫べよ」

不満を露わにすると、彼は部下になにかを持ってくるように命じた。戻ってきた部下が持ってきたのは丸薬のようなものだった。

「これは紅鉛丸《こうえんがん》って丹薬だ。身体に悪いって話も多いが、それを越える良さがあるぜ。味わってみるか？」

英芳の手が蓮珠の唇をこじ開けて、無理矢理飲ませようとする。抗って、口を開けまいと顎に思い切り力を入れた。

「ちっ、威国の公主は、相国みたいに城育ちじゃねえのかよ。けっこう力がありやがる。おい、適当に動きが鈍るやつ飲ませろ」

英芳が部屋の出入り口に控えている部下に言うと、相手は遠慮がちに確認する。

「まともに声が出なくなるかもしれませんが……？」

「そこは楽しめる程度に量を調整しろ。まあ、どっちにしろ、紅鉛丸を飲み込ませりゃ、まともな言葉にならねえけどな」

英芳が寝台から降りると、英芳の部下とおぼしき男性が二人、近づいてきた。一人が蓮珠を押さえ、もう一人が小さな器に入った乳白色の液体を蓮珠の口へと注ぎ込む。蓮珠はとっさに吐きだそうとするが、男たちに口を強く押さえられてしまう。その状態で、なおも抗う蓮珠だったが、少しずつ液体は喉を流れ落ち、効果がじわじわと体内を拡がっていく。抗う力が出なくなり、徐々に動きが鈍くなっていった。

「力が抜けてきただろう？　いくら睨んでも無駄だぜ。自分でこの鶯鳴宮に来たんだ、恨むなら愚かな自分を恨むんだな」

再び寝台に上がってきた英芳は、すでになにも身につけていない。その姿だけで、これから我が身に起こることが予想される。せめてもの抵抗に、蓮珠は目を閉じた。

「さあ、今度こそ飲んでもらうぞ」

こじ開けた蓮珠の口に丸薬をつまんだ英芳の指先が近づく。指に噛みついてやりたいところだが、顎に自分の意志で力を入れることができそうにない。声にも言葉にもならないまま、蓮珠は翔央の名を呼んでいた。

呉妃の言うとおりだ、恐ろしくて堪らないときに助けてほしいと願う人が自分にもいる。

「そこまででやめていただきますよ、英芳兄上」

その声がした時、蓮珠は都合のいい幻聴だと思った。だが、英芳の重みから解放され、そのまま引き寄せられた時、いつかと同じ感覚に、幻でなく本物の翔央だと悟った。

「おい、俺の宮に許可なく入るなよ」

英芳は不機嫌に言うも、すぐにニヤリと笑う。

「だが、遅かったな。すでに威妃の夫はお前だけじゃない。俺にも夫の権利が生じたぞ」

英芳は堂々とうそぶき、威妃を手中に収めたと宣言する。蓮珠はすぐさま否定しようとするが全身が怠《だる》く、翔央の衣の胸に押し当てた顔を、わずかに左右へ振るだけしかできなかった。

この場には、翔央や李洸だけでなく、彼らの部下や皇城司までいる。さらに、騒ぎを聞きつけた鶯鳴宮の女官や宦官も集まってきていた。彼ら全員が、威妃と英芳が同じ寝台の上にいたことを目撃しているのだ、英芳の主張を否定するなどとても無理だった。

それでも蓮珠はなんとか潔白を主張しようと口を開く。だが、うめき声のような声しか出せない。言葉にならぬ言葉で訴える蓮珠に、翔央は自分の褙子を着せかけてくれた。

すると、ニヤニヤしていた英芳が不機嫌そうな表情に変わり、吐き捨てた。

「お優しいことだが、この女はこれまでにも俺との逢瀬に応じてきたぜ。さあて、その腹がデカくなったとき、父親はどっちだろうな？」

翔央の傍らに歩み寄った李洸の囁く言葉が、蓮珠にも聞こえてくる。

「この状況では、彼女の身の潔白を証明するのは困難です。彼女は威妃の身代わりであるから無効だと示すよりありません」

「だめだ。それでは、彼女が彼女に戻れない」

翔央が呟き、蓮珠の肩を抱き寄せた。

あまりのことに、蓮珠は泣きそうになる。蓮珠が身代わりをしていた女官吏だと公にされれば、蓮珠自身が英芳に穢されたという烙印を押されることに繋がる。それを避けるため、翔央はこの場で公にすることを拒絶しているのだ。

翔央は蓮珠の先々を気遣ってくれる。それだけで蓮珠には充分だった。

この人のためならば、どんな不名誉も喜んで受け入れる。蓮珠は弱々しく手を伸ばし、覚悟を伝えようとした。

だが、こちらの事情など知りもしない英芳は、自身の優位を確信した笑みを浮かべ、なおも煽ってくる。

「文弱のお前じゃ、この女は満足できなかったようだぜ。なんならもっと事細かに話してやろうか」

たとえ、薬が切れて喋れるようになった蓮珠が否定をしたとしても、英芳の話を聞いたこの場の者たちは、威妃の不貞への疑念を拭い去ることはできないだろう。不義密通に関する嘘が真実にされてしまうことなんて、宮城ではよくあることだ。

やはり自分は威妃ではないと、今この場でバラすよりない。蓮珠は今度こそ決意を伝えようと翔央の袖を弱々しい力で引いた。蓮珠の呼びかけに応えるように、翔央が手を重ねてくる。そして、蓮珠と目が合うと、なぜか、小さく笑った。

「……なるほど」

彼は呟き。そして、突然の命令を出す。

「李洸、後宮の医局に使いを出せ。豊姑《ほうこ》を呼んできてくれ」

「おいおい、医者に手当てさせるほどの乱暴はしてねえよ。なにせ、合意の上でのことだからな」

英芳は、眉を寄せる顔を作りつつも、なおも口元だけがにやけている。蓮珠は動けるなら自分の手で殴ってやりたいとさえ思う。

だが、翔央は英芳以上に悪い顔をしていた。

「……冷静に考えれば、人をいたぶることに熱心な貴方が相手で、彼女が満足するわけがない。貴方は泣き叫ぶ相手を見て楽しむという理解しがたい性癖をお持ちなのだから。威国の広々とした草原で自由を謳歌して育ってきた彼女は、誰にも屈したりしませんよ」

そこで翔央は蓮珠の姿をちらりと横目で見ると、いっそう悪く笑った。

「ついでに言うと、彼女の姿が最後に確認されてから今に至る時間で、はたして貴方の目的は本当に果たされたのですかね？　眠らせていたなら、起きるまでに相当待たされたでしょう？　彼女は一度寝たら、よほどのことがない限り、自分から起きてくることがない。貴方の悪趣味を発揮する時間はなかったのではないですか？」

ちょっと待って、なんか今さらっと寝汚いのをバラされた。

さっきまで翔央の気遣いに感動していた蓮珠だったが、かろうじて指先で掴んでいる袖でなく、襟元を思いっきり引っ張ってやりたくなった。

「彼女のこの怠そうな状態は、禁軍が敵の捕虜をおとなしくさせるのに使う薬ですよね。この薬を使うほど抵抗され、焦っていらした。違いますか、兄上？」

「ふん、文弱のくせに、よくその薬のことなんて知ってんな。……だとして、それをどう証明するつもりだよ？」

英芳の言うとおりだ。翔央の指摘は正しいが、それをどう証明するというのだろうか。蓮珠のまだうまく回らない頭では、翔央の考えがまったくわからない。

視界の端に李洸を捉えれば、彼もまた眉を寄せて翔央の顔を見ている。この場で翔央一人だけが何もかもをわかっているという状況のようだった。

そこに白髪の老女が駆け込んできた。

「……あれ、どなたが患者なんです？　急ぎのお召しとのことでしたが……」

老女が大きな目で部屋の隅々まで確認し、首を傾げる。褙子姿のところを見ると、医局で寛いでいたところを呼び出されたらしい。

応じたのは、翔央だった。この場の者たちからすれば、恐れ多くも皇帝の直言である。

それだけでも周囲は驚いた。だが、彼の言葉にさらに驚かされる。

「豊姑。彼女がまだ男を知らぬ清らかな身体であることを確認してほしい」

彼がそう口にしたのだ。その場の全員が「はい？」と目を見開いた。

「え？　……はいはい。やらせていただきます。では、隣のお部屋をお借りしますよ。ここは男性の目がありすぎますので」

豊姑が助手らしき女性を手招きして、隣室の用意を指示する。蓮珠だけでなく、室内の誰も彼もが呆然としている中、翔央だけが冷静な表情をしていた。動けぬ蓮珠を抱き上げて静まりかえった部屋を出ると、彼は蓮珠にだけ聞こえるくらいの小さな声で言った。

「豊姑は女医で初の太医丞《たいいじょう》に任じられた名医で、後宮の妃嬪からも絶大な信頼を得ている人だ。今のお前を任せられるのは彼女をおいて居ない。お前の身の潔白を必ず証明してくれる。それに、太医丞の見立てであれば、異を唱えられる者などいないだろう。誰一人にだって、お前を悪く言わせるものか」

叡明を装う冷静な表情。その瞳だけが激しい怒りを宿していた。

隣室の長椅子に蓮珠をそっと降ろすと翔央が離れていく。引き止めるように、蓮珠は彼と目を合わせた。応えた翔央が指先で蓮珠の前髪を上げる。額に額が触れ、恐怖に冷たくなっていた蓮珠の身体に熱が巡る。

「……俺だって離れたくない。だが、男が居ていい場ではないだろう？　蓮珠、俺はお前を信頼している。欠片も疑ってなどいないからな」

囁く声で言ってから離れた翔央が、皇帝の顔で「頼むぞ」とだけ豊姑に言って部屋を出て行く。その背を見送る蓮珠には、まだ不安も緊張もある。それでも、翔央を信じようと心に決め、豊姑へと視線を向けた。そして、承諾を示すように目を閉じた。

すると豊姑が、蓮珠には懐かしい北東部訛りが混じるやわらかな声で言った。

「子細は存じ上げませぬが、よう頑張られましたなあ」

豊姑は、まだ上手く動かぬ蓮珠の手を取ると、その爪先に引っかかっていた糸くずを丁寧に取ってくれた。薬を飲まされる前、英芳相手にかなり暴れた。その時に袍をひっかいたようだ。彼女は小さな糸くずに蓮珠の抵抗のほどを悟ってくれたらしい。皺の深いその両手で、優しく蓮珠の手を包んでくれた。

「もう怖いことはないですよ」

豊姑の言葉で、ようやく蓮珠は安堵の息を吐いた。もう望まぬ手が伸びてくることはないのだと思うと涙が出てきた。

蓮珠を気遣うように助手が「大丈夫ですよ」という言葉とともに、蓮珠が怖くないよう、ゆっくりと時間をかけて衣を脱がせてくれた。

「それでは、失礼させていただきます」

豊姑が言った。今の蓮珠には不安も緊張もない。今度は豊姑を信じて、目を閉じた。

確認を済ませ、多くの者がいながら静まりかえった部屋に戻る。豊姑と助手は蓮珠を翔央の隣に用意された椅子に座らせると、翔央の前に跪礼した。

「豊太医丞、いかがであった？」

皇帝の問いに、周囲が少しざわつく。老女がただの医者として呼ばれたわけではない意図に気づいたようだ。

「お時間いただきました。妙な薬を飲まされていたようで、薄めるために白湯をお飲みいただいておりました。暴れることもままならぬご様子。おかげで蹴られることなくご確認させていただきました」

豊姑はそう前置きしてから、周囲にも聞こえるようにハッキリとした声で上奏した。

「威妃様は間違いなく清らかなお体にございます」

豊姑がそう告げると、一番先に声を上げたのは英芳だった。

「叡明、これはどういうことだ！」

翔央は、それを無視して、戻ってきた蓮珠の肩にそっと手を置き、いたわるように撫でてくれる。

「そのままの意味ですよ。彼女が俺に満足するもしないもないんですよ。貴方が馬鹿な付け足しをしなければ、気づかなかったし、この証明方法も思い至らなかった。感謝しますよ、兄上」

翔央は英芳のほうを見ないまま、言葉を続けた。

「ご存じのとおり、我が母である朱皇太后は南方大国『華』から嫁いだ妃なわけですが、その母から聞いた話があるんです。自身が嫁いできた折、なかなか先帝のお渡りがなく、悩んでいらしたんだとか。一人、宮に籠もってふさいでいると、先帝が訪れて『我が国では他国から妃を迎えた場合、半年は宮に渡らず、間違いなく腹に何も宿していないことを確認しなければならない。貴女を疑うようで申し訳ない。だが、あとで貴女が何か良くないことを言われるのは耐えられない。どうか私に愛想を尽かさずに待っていてほしい』と言われたそうです。先帝に避けられていると思い込んでいた母は、ちゃんと説明してくれたことに感動し、祖国のためでなくこの国のために生きていくと決めたそうですよ」

そこまで言って、一旦止めた翔央は、先ほどより強い力で蓮珠を抱き締めた。

「この例を始めとして帝位にある者には目に見えない暗黙の了解がたくさんつきまとう。だが、貴方はこれを知らなかったようだ。そして、周りも教えなかった。兄上は、立太子の噂があったわりには、帝位からずいぶんと遠いところにいたんですね」

声の調子は冷たく、皮肉に満ちた口調だった。

そして、兄を断罪する言葉を皇帝の命令として発した。

「妃の誘拐、虚偽による帝位簒奪を目論んだ男だ。連れて行け」

翔央の冷たい声が鶯鳴宮に響き、皇城司の手で英芳が連れて行かれる。英芳はこれまでの饒舌が嘘のように無言のままだった。


皇城司が去り、ある程度周囲にいた者たちが減ったところで、翔央がよろめいた。

「無理ばかりなさるからです。まだ、療養中の身なんですよ」

李洸が慌てて翔央を支え、近くの者に輿を呼ばせた。

輿を待つ翔央の傍ら、白湯を飲んでいた蓮珠はなんとか話せるところまで回復した。

「……わたしのことなど、バラせば良かったんです」

蓮珠の第一声に、翔央はやや力ない笑みを浮かべている。

「お前の代わりは居ないんだ。必死にもなる。だが、もう大丈夫だ」

翔央の言葉を噛みしめ、蓮珠は安堵の息を吐き出した。ようやく全身の緊張が抜けた気がする。

自分でなければできない仕事をすることは、蓮珠の理想だった。思わぬ形でそれが叶ったわけだが、代わりは居ないというのは、身代わり妃ができる者が居ないという意味でしかないだろうと思うと、切なさに少しだけ涙が出てきた。

「本当に怖い思いをさせた。すまない」

翔央が優しい声で言ってくれる。これは誤解されたままがいい。蓮珠は涙を押さえ込むように笑顔を作って、まだ少しもつれる口で言った。

「本当ですよ。すごく怖かった」

「悪かった。威宮まで送ろう。お前も乗りなさい」

そう言うと、翔央は到着した輿に蓮珠を一緒に乗せる。

「大丈夫なんですか？　わたしまで乗ったりして」

「彼らは先代の皇太后も運んでいた。それに比べたら我々二人などたいしたことはないだろう」

先代の皇太后ということは、翔央にとって祖母にあたる女性だ。蓮珠は遠目にも拝したことがないが、大変ふくよかな女性だったとは聞いている。今では宗廟に祀られている方に対し、とてつもなく失礼な発言だが、蓮珠もつい納得してしまった。

「それに、いまは別の輿になど乗せたくないからな」

囁くように言って、翔央が蓮珠の手に自分の手を重ねた。

皇城内を移動するための輿には屋根や壁があるわけではない。輿の運び手や随従には、この会話を聞かれているわけだ。

蓮珠は気恥ずかしさに、過ぎていく風景へと目をやった。

だが、そこでようやくすでに夕方になっていたことに気がついて、さらに気恥ずかしくなって俯いた。

鶩鳴宮に乗り込んだのは朝餉を終えてから、そう経たないうちだった。囚われの身となってから、たっぷり半日は寝ていたのではないだろうか。これは、さすがの英芳もたたき起こすだろうし、翔央に寝汚いことをバラされても仕方ない。

赤くなっているだろう顔を見られないようさらに俯いた蓮珠の耳に、夕餉の時刻を知らせる食堂の鐘の音が聞えてくる。

もうそんな時間だったかと思ったところで、蓮珠はあることに気づき顔を上げた。

後宮の北東部にある食堂の鐘の音が、前方から聞こえてきたからだった。

輿の上から周囲を見れば、その風景もおかしいと気づく。見える庭の木々に西側の宮では植えられていない種類の植物が混ざっている。

「主上、西に向かっていません。金烏宮でも威宮でもない。これは、後宮の北側です」

一旦周囲を確認した翔央と目が合った。お互いに緊張していることで、言葉なしで認識の一致を確認する。

蓮珠が作った後宮内建物配置図を、翔央も威宮で見ている。だから、彼にもすぐわかったようだ。このあたりは、数代前の皇后の宮殿があった場所で、寵愛を失った皇后が、寵姫とその取り巻きの妃たちを毒殺した現場だ。今では後宮内怪談の定番舞台となっている。あまりいい予感はしない。

翔央が注意深く輿の担ぎ手の背に問いかけた。

「威宮へ向かっていないようだが、どこに向かっている?」

だが、これに応えたのは輿の担ぎ手ではなかった。輿が進む先の薄暗がりの廊下から突如不気味な声がした。

「数多《あまた》の妃が囚われていた豪華な牢獄ですよ」

空に昇ったばかりの夏の月が、そこにいる人物を浮かび上がらせる。

「今宵は妃の血だけでは終わりませんがね」

小柄な老人が立っていた。見覚えあるその顔は、相国古参の大臣である呉然のものだった。

第八章　偽りの花、華勢を絶つ

朱塗りの柱は、暗闇の中では黒々としている。道を示すものは月明かりだけ。それも充分な明るさとは言いがたく、廊下の先は見えない。

後宮の最奥、数代前まで皇后の居所だった場所に、その頃の華やかさは残っていなかった。黒く虚ろな廃墟が幾つか並んでいるだけだ。

以前、桂花が蓮珠に教えてくれたように、相国の後宮では、主のいなくなった宮は取り壊して庭にするのが普通だ。新しい主が決まった時、庭に宮が建つ。

だが、この場所は誰も住んでいないのに建物がそのままになっている。誰も取り壊して庭にしようとは言わないからだ。ここは、数々の惨劇の舞台で、何度か壊す話が持ち上がったが、そのたびに関係者に不幸が続き、今では誰も口にしない禁忌の場所だ。

「なるほど。いい場所だな」

翔央が小さく笑って言った。ここのどこがいい場所なのかと傍らの翔央を見上げれば、彼は前を行く呉然の背中を睨んでいた。

「ここならば、誰が死んでも祟りだと騒いで終わりだからな」

怪談話の最初は、だいたい生きた人間の惨劇から始まる。その後、もし同じ場所で不幸が続けば、そこは祟られた場所だと言われるようになっていく。祟りを怖れて住む者が居なくなり、やがては人も近づかなくなる。こうして、怪談話の舞台が出来上がる。その場所で新たな不幸が起きれば、それは場所のせいになる。そういう仕組みだ。

「西王母像を倒したり、毒針を仕込んだりするよりは手間が掛からない。初めからこうすれば良かったのではないか、呉然？」

小柄な老人は背中を向けたまま、しゃがれた声で言った。

「やはりすでに色々とご存じのようですな、皇帝陛下」

「……ふん。お前のほうは、色々と当てが外れたな。特に稜錦院《りょうきんいん》の者たちのせいにできなかった件が大きい。彼らが毒針を仕込んでいないなら、犯人は絹織物を管理していた部署の者か、配布担当の太監に絞られる。だが、李洸の調べでは、絹の管理部署の者は、稜錦院の者から絹織物を受け取ってすぐにその目の前で箱に入れ、封をしたそうだ。そして、封を開けたのは、配布担当の太監。たしかあの会では、呉妃の宮付きの太監が勤めたというのも聞いているぞ？　……それで目的はどちらだ？　余か、余の妃か？」

応じた呉然の「どちらにも消えていただきたく」と言う声は低く冷たい。だが、それに続く言葉は燃えたぎる熱を宿したものだった。

「威国との和平など不要でございます。我が国は高大帝国の後継者。なにゆえ北方の小国になど譲る必要があるというのですか？」

自分を睨みすえる呉然の目に、蓮珠は和平反対派からの脅迫文を思い出す。彼らの主張は、常に自国を高みに置き、そこから他国を見ている。相国より下にいると思っている威国とは、和平の対話をすることさえ許せないのだ。

「そのような愚かな皇帝など不要にございます。相国は正しい道を示す皇帝によって治められるべきでございましょう」

翔央は呉然の主張を鼻先で笑い飛ばした。

「御託を並べるな。こんな場所でうそぶく必要はないだろう。はっきり言ったらどうだ？自分の思いどおりにならない皇帝ではなく、言いなりになるだろう幼い明賢を傀儡《かいらい》の皇帝として玉座に据えたいだけだと」

呉然は、ずっと蓮珠を睨んでいた目を翔央へと向けた。

「こんな場所だからこそでございますよ。ここには、相国建国時からの悲願が念のようにこびりついている。歴代の皇后は誰もが願った。我が子こそは、復活した高大帝国最初の皇帝になると！」

呉然は、それが自分の行為を正当化する裏づけであるかのように言う。

「しょせん、華国の女の腹から生まれた貴方様には、わたくしのような正しき相国民の気持ちはおわかりになりますまい」

「ああ、わからんな。お前の言う正しき相国民とは、一体誰を指して言っているんだ？

そもそも相国の太祖は、高大帝国中央での政争に負けて州城の主にまで落ちただけの帝国貴族だ。ああ、呉家の祖もその臣下の一人だったな。お互い、この地域に昔から住んでいた民にとってはよそ者だ！」

翔央のよく通る声が、静まり返った空間をビリビリと震わせる。迫力が違う。圧迫感が違う。この人には、その前に屈するよりないと思わせるなにかがある。

呉家の手の者たちが一歩二歩と後ろに下がる。蓮珠も膝に力が入らず、立っているだけで精一杯だ。傍らにいる翔央が怖い。この怖さは、恐怖でなく畏怖だ。これが人の上に立つ者の血筋が持つ力なのだろうか。蓮珠は改めてそう思った。

対する呉然は、かろうじて半歩下がったところで踏みとどまっていた。だが、頬のあたりが引きつったような表情に、先ほどまでの余裕はない。

「ご、呉家こそは、太祖の御代に公主が降嫁せし家柄。ひいては正しき相国の……」

「なるほど。お前が知るこの国の歴史はずいぶん美しい形をしているようだな、呉然よ。余は皇帝である前に歴史学者だ。上から与えられた歴史を鵜呑みにはしない。誰かにとって都合のいい歴史を妄信したりもしない。ここに残されているのは、かつて大勢の人々が生活していた跡だけだ。悲願？　念？　祟り？　そんなものはない！」

翔央は手を広げると薄暗い廃墟を指差した。

呉然は翔央の差した先に目をやると、話にならないとでもいうように頭を振った。そして、絞り出すような掠れた声で言った。

「……主上。貴方様は危険だ。ある意味、鶯鳴宮の方よりも危険だ。皇帝とは、並ぶ者のない尊さをもって国を治める存在。歴史はそのために、今を生きる者のために編まれる。皇帝の正統性を否定し、帝位を軽んじる貴方様のその考え方は国の根幹を揺るがすものだ。やはり、貴方様を玉座に座らせるべきではない」

呉然の目が気味の悪いものを見るように細められる。翔央は、その様子を鼻先で笑った。

「おかしな話だな、呉然。お前が言っているのは、正しくないことを正しいと言い聞かせるために歴史が書かれたように聞こえる。それでは、歴史でなく物語だろう？」

翔央の指摘に、呉然が開き直ったように強い声で返す。

「それで良いのです。民に必要なのは現実でなく幻想なのですから」

「現実でなく幻想か。なるほど、その幻想の最たるものが皇帝というわけだな。いや、お前に言わせると、皇帝は歴代皇后の悲願の念が凝り固まった、祟りそのもののような存在だったか？」

翔央は呉然に問い掛けるたびに、半歩に満たない程度であるが呉然のいるほうに動いていた。翔央はどうやら目的があって、呉然を挑発する会話を続けているようだ。蓮珠はそれに気づき、自分もすぐに動けるように長裙の裾を指先分だけつまみ上げた。

だが、ここで会話の風向きが変わった。呉然が小さく笑い、低くしゃがれた声で一つの提案をしてきた。

「……祟りに信憑性がないならば、威国のせいにすればいい。祖国の密命を受けて、威妃が主上を殺め、自ら命を絶つことで真相を語る口を閉ざされた、という筋書きはいかがか？」

理由などどうとでもなるということらしい。呉然はこの場所で皇帝とその寵姫を確実に消し去るつもりでいる。蓮珠は蓋頭の薄布越しに周囲に視線を巡らす。見えているだけで十人程度は蓮珠たちを囲んでいる。数の有利が呉然の余裕に繋がっているのだろうか。

ここで翔央が「そういうことか」と小さく呟いた。

「例の奇妙な怪文書は、お前の命令でばらまかれたわけか。宮城内の考えを、今言ったように威国による陰謀だと誘導するために……」

翔央の言葉に、蓮珠もまた奇妙な怪文書の存在を思い出す。

呉然は肯定も否定もしない。だが、その本音を見せない表情こそが、あの怪文書から受けた奇妙な印象と重なった。

「ふん、用意周到なことだ。……だが、はたしてそう簡単にいくものか？」

また少し翔央が動く、そろそろ大きく動くつもりかもしれない。蓮珠は呉大臣の様子をより注意深く観察していて、それを目にした。

「いきますとも。人は自分に都合のいい話を信じたがる。どの道、死んでいくあなた方には関係のないことですが」

そう言った呉大臣が笑った。口を歪ませて笑ったのだ。

裾をつまみ上げていた蓮珠の指先からスッと力が抜ける。視線が呉然の口元に吸い寄せられる。

「呉大臣、あなたは……白渓という邑をご存じですか？」

蓮珠の呟きに、呉然が翔央から蓮珠へと視線を戻す。

「はて、たしかにそのような名前の邑が、かつてありましたな。妙に甘い酒を造る土地であったか……」

蓮珠は、呉然の言葉の一つ一つに神経を集中させた。

「甘い……？　なぜ、貴方がその酒の味を知っているんです？　白渓の酒は、焼かれる少し前から、飲むためには国内に出されていなかったのに」

「おかしなことにご興味をお持ちだな、威国の方が」

「わたしの疑問にお答えください！」

「さて、どこで口にしたかなど覚えておりませんな」

呉然がクックッと喉を鳴らして笑った。蓋頭越しに小柄な老人の口元を見て、蓮珠は確信した。

「かつて、あの邑はたしかに国内有数の酒造地域だった。でも国境に近い白渓は、長期にわたって戦争の影響を受け、ほとんどの酒坊が破壊された。まともな醸造はできなくなり、焼かれる直前には甘い安酒しか造れなくなってしまった。生産は各家庭ごとに小さな酒坊を持ってやりくりしているだけのもの。自分たちが邑で消費する以外の酒は、小亀山を越えて威国側で売っていた」

口にしながら、蓮珠はゆっくりと蓋頭を上げる。あの夜、木立に隠れてそうしたように目の前の男を睨んだ。

「相国は高大帝国時代から続く贅沢品産業で成り立っている。だから、安酒では下町の酒場でさえ置いてもらえない。国内ではせいぜい医療用の扱い。もし、白渓の甘い酒を知っているのだとしたら……それは、あの時期の白渓付近にやってきた騎馬隊の者。邑の誰もが見慣れぬ鎧姿に、威国軍だと思い込んでいた相国北西地域の痈軍の者。彼らは邑の酒を買いたたくことすらせず、すべて徴集した。あげく、その酒で邑を焼いた！」

蓮珠の糾弾に呉然は狼狽えることなく、「なるほど」と呟くと、むしろニヤリと口を歪めた。

「北方の蛮族の娘とはいえ、ずいぶんと毛色の変わった公主だと思えば、その姿は偽り。正体は、あの邑の生き残りであったか」

蓮珠は長裙の裾を強く握りしめた。この歪んだ笑みの持ち主こそが、蓮珠がずっと探してきた馬上の指揮官だ。あの日、まだ子どもで、しかも怯えていた蓮珠の目には、馬上の男がとても大きく見えた。まさか、言葉を交わしたこともある小柄な老人だったとは。

呉然は皺深い顔に埋もれた目で、蓮珠を上から下まで視線で舐めた。

「たしかに子どもが逃げ回っているような報告は聞いていた。どうせ火にまかれて死ぬものと放っておいたが。さて、威国に拾われて威妃の身代わりに送り込まれたか？」

思わず呉然につかみかかろうとした蓮珠を、翔央が片手で制した。

「なんでも威国のせいにするな。彼女は昔も今も相国の民だ」

翔央が代わりに応じると、呉然はわざとらしく目を見開いた。

「おお、主上もご存じのことであったとは。なんと嘆かわしい。主上自ら辺境の地の者を、宮城内にお入れになったか。鶯鳴宮の方を笑えませんな」

自分のことを棚に上げてなにを言うか、と蓮珠は憤りに声を上げた。

「少なくとも、ただ名家に生まれただけでここにいる貴方と違い、わたしは宮城内に入る資格は自力で得ました。他ならぬ、邑を焼いた仇敵を……貴方を探し出すために！」

再び飛び出そうとした蓮珠を抑えこみ、翔央が蓮珠の耳元で囁く。

「よせ。呉然はお前を怒らせて飛び出してくるのを待っているんだ」

蓮珠はグッと唇を噛んで激情に耐えた。数歩の距離に、蓮珠から多くのものを奪った男がいる。

「呉大臣。白渓を、なぜ焼いたんですか？」

蓮珠の問い掛けに、呉然の片眉が上がった。

「問うまでもないだろう？　敵国である威に、酒を売ったからだ」

蓮珠は首を振った。

「それだけで邑一つを？」

呉然はくつくつと身体を揺らして笑う。

「無論建前に決まっている。威国との戦争を終わらせないためだ。どこの邑でもよかった。あの頃、威国との間に進みつつあった和平交渉を決裂させるためであれば、どこの邑でなにが起きようとも な！」

白渓でなければならなかった理由はない。たまたま威との国境近くの邑として白渓が選ばれたにすぎない。

「そんな……」

呟く蓮珠は、翔央の袍の袖を指先が白くなるほどにキツく掴んでいた。

呉然は蓮珠の反応を鼻先で笑ってから、周囲の者に目配せした。

「威妃本人であろうとなかろうと事態は変わらん。後顧の憂いは、すぐに取り除かなければな。今度こそちゃんと親と同じところへ送ってやろう」

この場に潜ませていたらしい男たちが出てきた。格好こそ後宮宦官の服装だが、体つきが違う。厚みがあり、鍛えている。どうやら呉然に雇われた外の者のようだ。彼らは淡々とした表情で手にある剣の先を蓮珠たちに向けてきた。

「しかし、主上。偽者に妃のまねごとをさせるとは、帝位に対する不敬ですな。よもや、偽者の威妃を用意し、仲を偽って、帝位を我が物にしたのではございますまいな?」

探りを入れるような呉然の視線を受け流し、翔央が蓮珠をそっと抱き寄せた。

「お前と一緒にするな。これは余の大切な花だ」

そんな場合ではないとわかっていても、蓮珠の身体は小さく震えた。触れなくてもわかるほど、自分の頬が熱くなっているのを感じる。蓋頭をとるんじゃなかった、などと場違いなことを考えて、翔央の腕の中で俯く。

「ほう。お噂では威妃を手に入れるために帝位に就いたという話がありましたが、今はそこの小娘にご執心ということですか」

蓮珠は小娘という歳ではないという反論をかろうじて飲み込んだ。代わりに呉然を睨みつければ、相手もまた蓮珠を見据えていた。そして、視線はそのままに、彼は翔央に問い掛ける。

「であるならば、主上。本物の威妃はどこにいらっしゃる？　よもや人前に出せぬ状態なのではありますまいな？」

威妃から「小娘」に乗り換えた皇帝が威妃を閉じこめた、あるいは害したと考えたらしい。それはそれで呉然としては望むところではあるのだろう。嫁いだばかりの娘がそんな扱いを受けていると知ったら、威国の王は怒り狂うだろう。再び戦争とまではいかなくても、和平に影を落とすことになるに違いない。

だが、本物の威妃を出せないのもまた事実。翔央はどう答えるのか、蓮珠は彼の表情を窺った。

「下手な挑発はよせ、呉然。どこでなにをしていたのかを知りたいのは俺のほうだが、とりあえず……お前が探す寵姫は、本物の皇帝と宮城内に入ったようだぞ」

それは抑揚のない叡明の声でなく、力強い響きを持つ翔央の声だった。

「見ろ。今しがた金烏宮のほうに横一線の松明が焚かれた。あれは皇帝の帰城を知らせるものだ」

促されるようにその場の誰もが、彼が示す方角に顔を向ける。

「俺が李洸に命じた。片割れが――叡明が戻ったら知らせよ。俺がその時どこにいてもわかるように、とな」

片割れという言葉に、呉然が震える声で翔央に問い掛けた。

「まさか白鷺宮の……？」

「俺に皇帝のフリなどできるわけがないと思っていたか？　政治的無能故に武官になったような者に、朝議で政《まつりごと》を語ることなどできるわけがないと？」

翔央は片方の口の端を上げ、流し目で呉然や周囲の呉家の雇った者たちを見た。

「そのお前たちの思い込みのおかげで、俺と叡明の入れ替わりはこれまで一度もばれたことがない。これだけ俺が堂々と顔を出して歩いていても、誰も疑わないのだから笑えてくる。まっ、そちらとしては、ここまでのことをしておいて、威妃だけでなく皇帝暗殺にまで失敗するとは笑えないだろうが」

「おのれ……」

翔央の挑発口調に、呉然が怒りに肩を震わせる。

「残念だったな、呉然。この場で俺を殺し、彼女を殺したとしても、帝位は揺るがないぞ。

むしろ、盤石のものになるだろうな。叡明は、呉家のように政治に対して過剰な発言権を持った古い家を排除したがっていたから。お前のこの失態は、さぞかし叡明を喜ばせるだろうよ」

翔央は皮肉を言って笑い飛ばした。

「殺せ。二人ともだ！」

呉然が翔央の発言を掻き消す勢いで叫んだ。

威妃ばかりか皇帝までもニセモノであろうと、自分たち二人を消さなければ今回の件だけでなく過去の件もバラされる。そうなれば、誤魔化しようがない。完全に身の破滅だと、彼もわかっているのだろう。呉然は声を限りに部下たちに命じた。

「顔と言わず、全身を切り刻んでやれ。絶対に逃がすな！　武官とはいえ皇族、それが田舎出の女と駆け落ちしたことにでもすればいい！」

怒りを隠さぬ呉然の声が響く中、翔央は場違いなほど軽い口調で蓮珠に耳打ちした。

「な？　俺たちの婚姻関係を公にしないと、こういう時の切り札になる。駆け落ちの必要がないことは少し調べればわかる。そんな不自然を見逃すほどには、この国の皇城司も腐ってない」

呉家の者たちが剣を構えてじわじわと近づいてくる。蓮珠は震える指先で翔央の袖を引いた。だが、彼は鼻先で笑う。

「少しは鍛えているようだが、剣の扱いには慣れていないようだな。構えでわかるぞ。悪いが俺は引き籠もりの歴史学者じゃなく、鍛練を積んできた武官だ。力押しだけじゃ、俺は倒せん」

言うと同時に自ら剣を持つ男の懐に踏みこみ、驚く相手から剣をはたき落とす。

「甘いな。戦場で武器を落としたら命取りだぞ。悪いが、俺は剣を手にしている者には相応に相手をさせてもらう。いいか、剣の使い方はこうだっ！」

翔央は床に落ちた剣をとると、ひと振りで自分を囲む男たちを払いのけた。周囲が再びざわつく。翔央が剣を持たない武官だと聞いていたのだろう。

「ふん。騒ぐほどのことじゃない。俺は剣も扱える。棍杖を使うのは信条の問題だ」

動きは軽やかだが、その衝撃は強いらしく、次々と男たちの手から剣が落ちる。翔央は正確に相手の手首だけを狙い、彼らを剣を握れぬ状態にしていく。

「なんて動きだ……」

呉然の周りを固めていた誰かが呟き、一人二人と驚愕の表情に変わる。

先帝の第四皇子は、皇族だからお情けで禁軍に籍を置いてもらっているだけの存在。その上、剣を持ちもせず、将軍職にも就けない無能な武官。それが翔央の世間的評価だったのだから無理もない。

「噂と違うか？　お飾りの武官だと聞いていたか？　まったくお前たちの持っている情報は噂ばかりだな。訓練を積んだ武官を甘く見ないほうがいい。俺はこの場の誰よりも強いぞ。それを見せてやるから来い」

言われて翔央の前に進み出る者はいなかった。そもそも彼らは引き籠もりの歴史学者皇帝とその妃を捕らえるためだけに雇われたのだ。武官を相手にできるほどの手練《てだ》れではない。それを哀れむように見て、翔央は彼らに告げた。

「……お前たちは、もう終わりだ。おとなしく引け」

だが、この場で一人、引けない人物がいた。

「引いても引かなくても、どのみち呉家は終わりだ。このままでは、呉家に関わる者はすべて処刑されるぞ。助かる道は、この二人にすべての罪を着せることだ。帝位簒奪を目論んだ皇弟と身代わりの妃にだ！」

老体を震わせる大音声に竦み上がっていた周囲の男たちが剣を構え直す。

「白鷺宮の方は皇弟でありながら、主上を害してこれに成り代わった。誤魔化せなかった主上の寵姫まで害して、田舎出の何も知らない小娘を寵姫に仕立てたのだ。これは大逆、すぐさま処断すべし！　……理由など、私がいくらでも付けてやる！」

呉然に命じられた男たちが再び剣を取り、襲いかかってくる。

上から理由を与えられれば、言われるままに身体が動いてしまう。命じられる側という

のは、そういう風にできていることを、官吏として命じられる側である蓮珠も知っていた。

彼らをなぎ払った翔央は、渋い顔をして左半身を半歩引いた。

「翔央様、肩が……」

蓮珠が言うと、彼は口端に小さく笑みを浮かべた。

「まあ、この肩でこの数は少々厄介だな。おまけに、この格好だ。このまま殺されては、呉然の言うような誤解を招くかもしれない。厄介なことだらけだ」

背で庇う蓮珠をわずかに振り返り、翔央は安堵させるように言った。

「しかし、蓮珠。逆に言えば、逃げ切って、叡明にことのしだいを上奏すれば、俺たちの勝ちだ。生き証人として呉然を失脚に追い込める」

言われた蓮珠も彼を安堵させるため笑みを作る。

「任せてください。後宮は今やわたしの庭です。逃げ切るために隠れられる場所は、たくさん知ってます。だいたい、この程度の障害物なら、たいしたことないです」

言葉だけではない。事実、蓮珠ほど襦裙姿で廊下の障害を避けることに慣れている者もいないだろう。なにせ、他の妃たちが廊下に仕掛けるあれやこれやを、文字どおり飛び越

えてきたのだから。

翔央に答えるとほぼ同時に、蓮珠は廊下の前後から迫る呉家の手の者を避けて、手摺を飛び越え、庭へと降りた。放置された建物の庭は、建物同様に手入れされていないため背の高い草に蓮珠の姿が埋もれる。

「なるほど、頭の回る嫁だ」

呟いた翔央もこれに続いて、月明かりの庭へ降りた。すぐさま、蓮珠に倣い、身を低くして草の中に隠れる。

「行きましょう。ついてきてください」

翔央に声をかけると蓮珠は、頭の中の後宮地図を頼りに進み出した。

蓮珠は裙の裾を片手でまとめて持ち上げて庭の草むらのなかを歩く。その後ろをゆく翔央も武官の行軍訓練で道なき道を歩くのに慣れている。

比べて背後から聞こえるのは、呉家の者たちの混乱を伝える叫び声だった。山里の邑育ちの蓮珠と違い、彼らは草むらを歩き慣れていないようだ。

「草むらに隠れているだけだ。庭に火を放て！」

焦る声が後方から聞こえる。

「火をつけるのが好きな奴だな。そんなことをすれば、俺がどこにいるかを叡明たちに知らせるようなものだってのに。そうやって脅せば、俺たちが自ら出てくるとでも思ってるんだろう」

呆れた声で言う翔央の袖を、蓮珠は思いきり引いた。

「呑気なこと言ってる場合じゃないです。本当にやられたらどうするんです？　逃げ回るたびに火をつけられてはたまりません。我が国の宮城は建物が密集する構造。すぐに火が回ってしまいますよ！」

蓮珠の言葉に、翔央は少し考える表情をした。そして、蓮珠の額を指先で突いて問い掛ける。

「相手に居場所がわかりやすく、でもすぐには踏み込めない建物とかないか？」

「相手にわかるようにするんですか？」

逃げるのに何故かと首を傾げた蓮珠に、翔央がため息交じりに提案する。

「ああ。逃げ回って後宮が火の海になるくらいなら、どこかに立て籠もったほうがいい。一箇所で火の手が上がって俺の居場所がわかれば、李洸あたりがすぐに皇城司を率いて来るだろうからな」

火をつけられるのを分散させず、同時に、それを自分の居場所を知らせる合図に使おうという考えらしい。

「ならば、いい場所があります。いかにも人が隠れそうな場所ですから。それにあそこなら、万が一の時には外に抜け出せるはずですしね」

蓮珠は翔央の袖を引き草むらの中を先導した。

「なんで手じゃなくて袖なんだよ？」

翔央のそんな呟きは聞こえぬフリをして、蓮珠はその場所を目指した。


そこは、蓮珠が呉妃と一緒に閉じこめられた倉だった。壁伝いに歩を進めれば、斧がある場所まで辿り着く。

「今回は人目を気にせず振り上げられるな」

翔央がクスクスと笑いながら言った。

あの時のことを思い出すと、恥ずかしさに頬が熱くなる。それを両手で押さえ込みながら、蓮珠は呟くような小声で翔央に謝った。

「申し訳ございません。本当は、わたしがいなければ翔央様お一人で切り抜けることもできたのでしょう？」

倉の天窓から入る月明かりが、翔央の口元の綻びを照らし出す。

「莫迦なことを言うな。お前を守りたいという気持ちがあるから、こうして生きようとしているんだ。むしろ、俺一人だったら面倒になって、叡明の姿のまま、さっさと死んでいるだろう。そうなれば、叡明が死んだものと思って威国のせいだと得意気に騒ぎ出す呉然の鼻を、本物の叡明が明かしてくれるだろうからな」

翔央があまりにも軽い口調でそんなことを言うので、蓮珠はすぐさま反論した。

「なんてこと言うんですか！　ご自身のお命を、そんなに軽く捨てるとおっしゃらないでください」

だが、翔央は自身の命を道具のように言う。

「この国に再び戦禍を呼び込もうとする呉然を失脚に追い込めるなら、俺の命なんていくらでも使うさ」

「いくらでもってなんですか？　命は一人に一つだけ。それは貴方だって同じでしょう！」

蓮珠は叫ぶと、手を伸ばし翔央の襟を掴んだ。

襟に皺が寄るほど思い切り掴んでいるのに、翔央は払いのけることなく、自分の手を蓮珠の手に重ねてきた。

「蓮珠。俺のほうこそ、お前に謝らなければならない」

低くやわらかな声が蓮珠をそっと引き寄せて、包みこむ。

「彼らは俺とお前を殺す気だ。だが、俺は彼らを殺したくない。俺は民の命を失うわけにいかない。……これは俺の信念だ。そのせいで、防戦一方になってしまう」

とっくにわかっていることだ。翔央は相国の誰の命も平等に惜しむ。ならば、翔央自身の命も惜しんでほしい。翔央は自分の命をひどく軽いもののように考えているところがある。そのことが蓮珠にはどうにも悔しくて唇を噛んだ。

「俺は人が死なない戦いを求める。だが、武官には戦いで死ぬことを美徳と思っている者が一定数居る。彼らから見れば、俺は臆病者でしかない。だから、いつまで経っても俺は大隊を率いる将軍になれないんだ」

それを聞いた蓮珠は、翔央の服に顔をグリグリと押しつけて滲む涙を拭った。そして、勢いよく顔を上げると、強気な声で翔央に言い放つ。

「兵の命を惜しんで戦争をしたがらない将軍、大いに結構じゃないですか。戦いで人が死ぬのは当たり前だと言いながら、自分は最前線から遥か遠い場所で眺めているだけの将軍よりマシです」

翔央と目が合った。彼は驚いているようだ。蓮珠はまっすぐに彼の目を見つめ、彼の反応を待った。

やがて、翔央はゆっくりと頷いた。

「……そうだったな。俺はお前に約束したんだった。この国を戦争のない国にすると。今回のことくらい軽く乗り越えられないようじゃ、目標達成にはほど遠い。呉家だけが和平反対派なワケじゃない。呉家が表舞台を去れば、次が舞台に上がってくるだけだ」

「そういうことです。だから、こんなところで死んでる場合じゃありません！」

蓮珠が力強く首を縦に振ったとき、離れたところで金属音がした。

以前にも聴いた音だ。蓮珠にはそれがなんの音かすぐにわかる。翔央に耳打ちするように言った。

「今の音、倉の扉を誰かが開けました」

翔央は頷くと、薄暗がりの中、音のしたほうを睨み据える。

「中に入ってきたようだな。時間を稼ぐぞ」

言われた蓮珠は、すぐに翔央の襟から手を離して動き出す。

「以前閉じこめられたときに、犯人を追いかけて見失ったあたりを覚えています。その周辺に隠し扉があるはずです。奥は暗いんで、火も借りましょう」

斧と一緒に置かれた、小さな白虎の燭台を手に取る。蝋燭を一本だけお借りして、火打ち石で小さな灯を灯す。

炎が浮かび上がらせた翔央の顔が妙に険しい。

「翔央様？　どうしたんですか、怪談話でも始めそうな怖い顔をして」

「誰が始めるか。この顔は呆れてんだ！　倉でお前と呉妃を襲ってきた相手は二人組の男だったよな？　それを追いかけたって？　なに考えてんだ！」

蓮珠は、なんだそんな心配かと思い、手をひらひらさせた。

「大丈夫ですよ、呉妃様なら、ちゃんとこのあたりで待っていてもらいましたから」

だが、翔央は蓮珠を鬼の形相で見下ろした。

「誰が呉妃の話をしてる？　俺はお前のことを言ってるんだ！」

「翔央様、声が大きい……」

「悪かったな、うるさくて。昔からやたらと声が通るんで、普通に喋っていても声がデカいとさんざん言われてきた。いや、だから、そういう話じゃなくてな」

「えー、そうですか？　わたしは、翔央様のお声をうるさいとは思いませんけど？　だって、いい声じゃないですか。初めてお声をかけていただいた時から、そう思ってました」

蓮珠がそう言った途端、翔央の表情が固まる。

「それは……どういう意味だ？」

「え？　やはり上に立つ方は、指示を飛ばす声が聞き取りやすいほうがいいな、って」

蓮珠が答えた途端、翔央の眉が寄る。険しい表情と言うより、ちょっと拗ねたような表情をしている。おまけにそのままの表情で、わかりやすく大きなため息をついて見せた。

「あー、そうだよな。お前はそういう女だった。……期待した俺が莫迦だった」

これには蓮珠が眉を寄せ、ついでに首を傾ける。蓮珠としては、手放しに誉めたつもりだ。なのに、なぜか翔央が怒っている。

「その『そういう女』ってなんなんですか？」

蓮珠の疑問に、不機嫌顔の翔央が片手をひらひらと振った。

「もういい。とにかくその男たちが消えたあたりまで案内しろ。隠し扉まで辿り着けばなんとかなる」

案内しろと言いつつ、背を向けて歩き出す背中に蓮珠は再び首を傾げた。

「翔央様、開け方をご存じなのですか？」

翔央の足が止まる。振り向いた顔は、先ほど以上に呆れているらしく、最上級に怖い顔をしていた。

「……お前、俺も皇族の一人だってこと、時たま忘れてないか？」

ちょっとだけ、忘れていた……とは言わないでおこうと、蓮珠は首をぷるぷると左右に振って見せた。

呉然たちに見つからないためか気まずいためか、微妙な沈黙を維持して蓮珠は倉の奥へと進んだ。

「このあたりか？」

蓮珠が足を止めたところで、翔央もあたりの様子を窺う。

「はい。このあたりは酒瓶の保管場所らしくて、強く酒の匂いがしていたので覚えています。間違いありません」

倉庫の最奥は、床に直置きされた酒瓶が並んでいた。そこは棚がないため石壁がむき出しになっている。酒瓶の間を抜けて壁に歩み寄った翔央は、壁を眺めると、何カ所か手の平で押してたしかめた。

「仕掛け扉だな。どこかにある重石《おもし》を退《ど》かして、石壁に嵌められた仕掛け石をいくつか抜けば扉が開くはずだ」

「重石ですか？　なんかこう……大きな石に縄でも結んであるとか？」

「それじゃあ、バレバレだろうが。一見、そうは見えないような重石だ」

「ちょ、皇族の一人だって言うなら、それが何か具体的に知っていてくださいよ！」

「後宮の仕掛けに関しては、具体的なことなんて知る必要がなかったから聞いてない。それでも仕掛けの種類がわかればなんとかなるだろう」

しかし、人の気配が近づいてくる。何とかしている時間がない。蓮珠は石壁の前であわあわとあたりを見回し、重石に見えない重石を探した。

その焦っているところに、複数の人の足音が近づいてくる。

「こんなところに逃げ込むとは愚かな」

呉然は蓮珠たちを見つけると、ニタリと笑って言った。

「連れている手の者の数が、さっきよりずいぶんと少ないな。手分けして俺たちを探した結果か？　そっちこそ、俺相手にその人数とは愚かな選択をしたな」

翔央が皮肉を返す。

「そうでしょうか？　強がっても、先ほどの人数を相手にした後では苦しいのでは？　なにせ輿に乗らねばならぬほどだったのですから。まあ、それでもあれほどの動きをなされるとは見直しました。だが、そこの愚かな女にずいぶん遠くまで歩かされましたな」

蓮珠は科挙に受かって官吏になった身である。愚かだと言われるのは非常に腹立たしい。

「あーはいはい、愚かで結構ですよ。でも、どんなに頭が良くても使い方が間違ってるような人よりはマシです！」

蓮珠は言うと、近くにあった酒瓶を横倒しにするや、呉然たちのほうへと蹴り転がした。

「なにをする！」

避けた彼らの後方で大きな音を立てて瓶が割れ、酒が床石を濡らして拡がる。

そのとき、蓮珠の背後の石壁のほうからゴトンと重い音がした。

「それだ、酒瓶だ！　とにかく酒瓶を今ある場所から退かせ。扉は俺が開ける」

翔央は言うと蓮珠に任せて、自分は扉を開け始めた。

「言われなくても、これぐらいしか足止めになるものがないのでやりますとも！」

蓮珠は次々と酒瓶を倒しては、呉然達に向けて転がした。床や壁に飛び散った酒で、倉の中に濃厚な酒気が漂いはじめる。

呉大臣は大袈裟に呆れた表情を浮かべた。

「やはり愚かだな。我々を酔わせるまでやる気か？　自身も無事ですむものか」

言ったあとで、例の歪んだ笑みを浮かべる。蓮珠を嘲笑う表情に「残念ですが」と蓮珠は笑い返してやった。

「読み間違いにもほどがありますね。このあたりの酒瓶を全部蹴り倒したところで、白渓出身のわたしが酔うわけがない。……ああ、でも、翔央様はさほどお酒にお強くないから、やっぱりダメかも」

「お前が異常に強いだけだろうが！」

背後からの反論を無視して、蓮珠は手にある蝋燭でまき散らした酒に火をつけた。

「だから、この程度で決着としましょうか、呉大臣。……貴方が、わたしの邑に火を放ったのと同じやり方でいかせてもらいます」

火が床を這うように拡がる。呉然より前に出ていた男たちが火を怖れて後退していく。

だが、呉然の表情にはまだ余裕のようなものがある。

「翔央様、呉大臣の様子がなんだか気になります」

蓮珠は呉然を警戒しながら背後の翔央に小声で言った。

だが、その声が石扉の開く音に掻き消されていく。

「開いたぞ。やはり、重石はこのあたりの床に置かれた酒瓶だったんだ。よし、蓮珠、ここから出るぞ」

だが、翔央は蓮珠の手を引いて歩き出すも数歩と進まないうちに足を止めた。

火の勢いを見計らって近づいてきた呉然が喉を鳴らすような笑い声を上げた。

「お喜びのところ申し訳ない。……そこに逃げ道があることくらい私も知っていた。代々皇妃を輩出してきた呉家の当主だからな。鶯鳴宮の御方にお教えしたのも私だ。期待どおり自滅してくださったな」

呉然が笑みを深くする。

「通路の先には、呉家の者を配してある。これで終わりだニセ皇帝が！」

呉然が高笑いとともに右手の人差し指で蓮珠の背後、扉の向こう側を指す。探す手分けなど最初からしてなかったのだ。これで終わりかと蓮珠はギュッと目を閉じた。

だがその時、底冷えするほど冷たい声が響いた。

「お前が知っていることぐらい、とっくに知っていたよ」

脱出路に繋がる扉が向こう側から大きく左右に開く。現れたのは翔央と同じ顔立ちの男だった。本物の皇帝、郭叡明。

たしかに、顔は翔央そっくりだが、その目に宿る光は見る者を凍りつかせる。翔央のような安堵を感じさせる温かな光などというものはいっさいなかった。

「呉然よ。お前の手の者はこちらで預からせてもらったぞ」

叡明の横を抜けて皇城司たちが次々と倉のほうに入ってくる。

「よく集めたものだ。こちらとしてもありがたい。……生き証人は多いほどいいからな」

叡明の前では、容赦を期待することなどできそうにない。呉然も抗えないと悟ってか、がくっと石床に膝をついた。

「呉家にはこれまで我が朝に尽くしてくれたことに感謝している。いままで本当にご苦労だったな」

呉家の終わりを告げる声に感謝や労いの情などといったものは、まったく感じられない。

そもそも叡明の声には温度がなかった。姿形がどれほど同じでも、口を開いた途端、蓮珠も翔央か叡明かを言い当てられる自信がある。

翔央とは違う意味で人ではなく神のような存在だ。叡明はそこに居るだけで、畏怖の念が身の内から湧き上がってくるのだ。この人の前では膝を折らねばならない、そう思わせるものがある。蓮珠はずっと下級官吏で、皇帝による殿試も受けたことがなかった。帝位にある人がこれほど間近にいたことがなかった。

似ているのは顔だけだ。蓮珠は背筋が冷たくなった。自分が言われたわけでもないのに、叡明が呉然へかけた言葉が怖くてたまらない気持ちになった。威圧感と言うより存在感の質が異なるのだ。

皇城司に呉然を連れていくように命じた叡明が、今さら気づいたように蓮珠のほうを見た。蓮珠は慌てて叩頭する。するとやんわりとした声が降ってくる。

「……あれ、嫌われたかな？」

叡明が言うと、翔央が呆れたように返した。

「当たり前だろう。普通の神経の持ち主なら、こういう時のお前はひたすら怖いんだよ。顔をころころと使い分けやがって。お前がどんな顔であろうがまったく動じないなんて強《つわ》者《もの》は、本物の威妃ぐらいだろうよ」

それを聞いて、蓮珠は思わず顔を上げた。威妃に漠然と抱いていた想像が書き換わる。

こんなそこに居るだけで怖いと思わせるような人と駆け落ちとか、本物の威妃はそうとう心臓が強い女性に違いないと。

「まあいいや。翔央が無事なら僕はそれでいいからさあ〜」

言うと同時に叡明は周囲の目も気にせず翔央に抱きついた。

「お前なあ、これが妃のいる皇帝のすることか？」

呆れながらも翔央が叡明の背をぽんぽんとたたく。

これが噂の叡明の翔央好きか。蓮珠は先ほどまでとは違う場の空気に安堵の息をついたが、急に寒気を感じて、背を伸ばす。

ほんの一瞬、叡明と目が合った気がした。だが、叡明は翔央の肩に顔を埋めて、クスクスと笑って言った。

「いいんだよ。皇帝は百官の長だ。その官には翔央だって入ってる。僕が僕のものを大事にするのは当然だろう？」

あれ？　さっきとは別の意味で叡明が怖い。これは、わたしのほうこそ嫌われていませんか？　そう思うも蓮珠は口に出さずに、ただ双子から目を逸らし、床に額ずいた。どうやら後宮生活によって、蓮珠は遠慮というものを多少は覚えたようだった。

第九章　偽りの花、華陰で散る

呉大臣は失脚、屋敷に蟄居。最終決定を皇帝自らが下すことになるらしいという話は、翌朝には誰もが知るところとなっていた。呉家に連なる官吏たちは自分も処分されるのではないかと、戦々恐々としているようだ。

呉家の娘である淑香は、自ら妃の位を返上する旨を皇帝に伝え、処分を待って自宮に謹慎した。その潔《いさぎよ》さと、もともと人望あって後宮をまとめ上げていた女性だったこともあり、後宮内は彼女に同情的だ。

また、彼女に関しては、皇帝の長兄である秀敬が減刑を嘆願しに直接弟帝の元を訪ねたという。政治には関わらないはずの飛燕宮の人が動いたことは大きい。皇帝も兄の顔を立てると応じたことで、処刑等の処罰は受けず、後宮を辞し尼寺行きになるそうだ。

「おそらく、そう遠くない日には還俗して、秀敬兄上が妃に迎えるのではないかな」

威宮を訪れた翔央が、そう教えてくれた。

「良かったです。呉妃様はきっとそのほうがお幸せですね」

蓮珠は片付けの手を止めて笑顔を見せた。

呉妃の想いが報われるであろうことを、蓮珠は素直に嬉しかった。位を返上し、呉妃ではなくなったわけだが、飛燕宮妃と呼ぶ日が来るなら喜ばしいことだ。

宮妃といえば、もう一人、相手のためにと思い詰めて動いた人がいたのを思い出す。

「余氏様は……？」

問い掛ける声が自然と硬くなった。余氏のことを思い出せば、どうしても英芳に押さえつけられたときの恐怖も思い出される。

それを悟ってか、翔央は蓮珠が落ち着くのを少し待ってから、ゆっくりと語り出した。

「まず、英芳兄上への処分だが、帝位継承権の永久剥奪の上、都に近い豊かな封土から辺境の地に配置換えとなった。さらに許可なく都に上ってくることも許されない。実質、与えられた土地を出るなってことだな。余氏は英芳兄上に協力させられたという扱いで、実家に戻される話もあったんだが、結局兄上とともに都を離れた」

「そうですか。余氏様にとってはきっとそのほうが良かったんでしょうね」

「風当たりを考えると、そうだろうな」

皇后になることを望まれていたのだ。実家に戻されれば戻されたで辛い目に遭うことになる。かといって、再婚して実家を出ていくにしても、良い嫁ぎ先に恵まれるのは難しいだろう。

「ともあれ、これで解決だ。叡明が駆け落ちと称して、地方を廻って集めてきた呉家の不正の証拠を元に、人事も一新するそうだ」

叡明は威国との国境付近まで威妃を迎えに行った直後に、威妃とともに姿を消した。それから何をしていたかと言えば、怪しいと思っていたいくつかの地域を廻り、裏ですべての糸を引いていると思われた呉家を政治的に追いつめる不正の証拠を手に入れていたのだ。

都から離れた地方では呉家を始めとする古くからの家の影響力が強く、都にいても思うように証拠があがってこなかったために自身が乗り込んだ、というのが駆け落ちの真の目的だということだったらしい。ただの駆け落ちではなかったというあたり、桂花の想像どおりだったようだ。なお、地域間の移動手段は威妃の愛馬を使い、叡明は彼女の後ろにしがみついているだけだったとか。

「終わったんですね。本物の威妃もお戻りになることですし、威国と再び戦争という事態は避けられます。本当に良かった」

昨日、威妃が正式に入宮した。身分の差から叩頭したままその入宮を見送るはずだった蓮珠だが、威妃は蓮珠の前を通る時に足を止めて、「わたくしだったあなたには、感謝しております」と声を掛けてくれた。

顔を上げることは許されない身なので、顔こそ見ることができなかったが、やわらかな声とともに、蓮珠の肩にそっと置かれた手の優しさは、忘れがたい。この国は良き国母となる方をお迎えしたのだと、相国民として素直に喜んだ。

なお、彼女は威宮でなく、皇帝の居所である金烏宮に最も近い玉兎宮《ぎょくと》に入ることになった。玉兎宮は本来皇后位に就いてから入る宮であるが、遠からず皇后になるのだからと叡明が無理を通した。各種調整に追われることとなった李洸は、「皇帝とは無茶を押し通すのが仕事のようなものですから」と言いつつも頬を引きつらせていた。

呉然の最終処分が出されていないが、呉家の者は基本的に失職、関係者は降格処分ということになった。したがって、今回の件で処刑される者は居ない。かなりの温情だった。威妃を迎えるという祝事の裏で、大きな事件があったことが威国側に知られるとよろしくないという政治的判断によるものだったらしい。

だが、その裏には、民の命を失いたくないという翔央の強い信念も影響したのだろう。

結果だけ見れば、後宮という究極の政略結婚の場で、呉妃と余氏の想いが、それぞれの形に落ち着いたのだ。蓮珠は嬉しく思った。

一連の事後処理が終わり、蓮珠も元の女官吏に戻れることとなる。一介の女官吏の身分では、もう後宮に来ることもないだろう。

蓮珠は翔央に一礼する。

「ありがとうございました」

それを見て、翔央が幾分拗ねたような声で言った。

「身支度が早すぎないか？」

「部署異動が多かったので、私物は最低限にし、一つの箱にまとめてありますから」

蓮珠は笑って返した。

文官と武官であり、庶民と皇族である。もう二度と直接会うことはないだろうと思い、別れ際、蓮珠は彼を見上げる。

「一時的とはいえ、西王母の前で夫婦の誓いをたてたんです。妻として夫である貴方の『この国の民のためにこの命を使う』というお言葉をきちんと受け止めます。その崇高な理念が実現されるよう、一介の官吏に許される場所からとなりますが、心から応援しております」

言って深く頭を下げた。それから涙を耐えて顔を上げると、今できる最高の笑顔を翔央に向けた。この人の前で顔を上げられるのもこれが最後だろう。次に会う時は、跪礼になる。こうやって顔を上げることは、もうできない。

「ありがとう、蓮珠。お前の夫になれたことを誇りに思う」

やわらかな声の翔央は穏やかな表情を浮かべていた。自分こそ、わずかな間でもこの人の妻であったことを誇りに思う。

感謝に再び頭を下げた蓮珠に、翔央が躊躇いがちに言った。

「なあ、これからも俺にお前を守らせてくれないか？　この国の民だからではなく、お前だから守りたいんだ。……お前はいつだって俺に、命あることの大切さや守りたいものが在《あ》ることが強さに繋がるのだということを思い出させてくれるから」

訴えかけるその声に、蓮珠は顔を上げた。

「翔央様……？」

どうしたのかを尋ねようとして、言葉に詰まる。彼はひどく苦しそうな表情をしていた。

「この国にとって先の戦争が遠い過去になったとしても、俺だけは忘れてはならないんだ。かつて、守れなかったものがあったことを……」

ああ、この人の心は今も、少年の日に囚われているんだ。自分を生かすために犠牲になったすべてを引きずって生きていこうとしている。この人は天帝様《かみさま》なんかじゃない。雲の上にいるわけじゃない。わたしと同じ地上で、苦しんで、悩んで、懸命に生きている。弱くて優しい『人』なんだ。

「いいですよ、守らせてあげます。でも、その条件として、わたしと約束をしてくださいますか？」

蓮珠は両手を伸ばすと、翔央の頬にそっと触れた。

「これからは、守れたものの数を数えて生きてください。そして、その一番目に、わたしのことを数えてくださいね」

そうすることで、せめてこの人の痛みに寄り添えますように。蓮珠はそっと祈った。涙が一粒、言葉に隠した想いを訴えるように、蓮珠の足元にこぼれ落ちる。

それを誤魔化すように、蓮珠は勢いよく跪礼した。

「白鷺宮様におかれましては、どうか恙なくお過ごしくださいませ」

蓮珠自ら線を引いた。下げた頭を、翔央の手が優しく撫でる。労《ねぎら》いにか、別れを惜しんでくれているのか。聞いてみたい気持ちはある。

それでも蓮珠は翔央の気配がその場から消えるまで、けっして頭を上げようとはしなかった。

終章

官吏に戻った蓮珠の朝は早い。代筆業のため同じく登城する妹に夜明けとともにたたき起こされた。久しぶりの早起きに、眠い目を擦りながら栄秋の街の石畳を歩けば、足元がやたら涼しい。

蓮珠は見下ろして納得する。裾が床に拡がる長裙に慣れたせいで、靴が見える長さまでしかない官服では、足元を通る風を冷たく感じてしまうのだ。

「早く元の感覚に戻さないと」

蓮珠は自分に言い聞かせるように呟いた。

狭苦しく建物が並ぶ庁舎に入り、やや緊張して自分の部署のある礼部の建物に足を踏み入れたところで、いきなり大声が飛んできた。許次官だった。

「陶蓮珠！　お前はいったいなにをやっていたんだ！」

目の前に一枚の書面を突きつけられる。

そこには、部署異動の文字。皇帝直属の新設された部署であり、皇城内に入ることも許されている上級職のようだ。

「異動の辞令に見えますが……？」

「そういうことではないだろう！　仮にも皇族を怒らせて謹慎していた者がどうしてこんな職に……」

「さあ。天帝様《かみさま》に願いが届いたのでしょうか？」

蓮珠はしれっと答えた。

「なにが神頼みだ！　お前というやつは〜！」

蓮珠にすれば、翔央からもらった職であるから、本当に神頼みだ。嘘はついていない。だが、説明するようなことでもないので、無言のまま上司の怒鳴り声を聞き流す。

十年間、上級職への道を望んできた。それがようやく叶ったわけだが、想像していたよりも興奮しなかった。

呉然が失脚した以上、蓮珠の第一目標だった馬上の男への復讐は終わっている。上級職に就き戦争をなくして、あの男から戦う場所を奪ってやるつもりだった。結果は、戦う場どころか家として終わるところまで追いつめたわけで、もう蓮珠にできることはない。

だが、馬上の男への復讐だけが蓮珠の支えであったわけではない。官吏として、この国を良くすることだって、蓮珠の目標だったはずだ。

蓮珠は辞令を手に取り、その短い文面を繰り返し読む。この辞令の先に、蓮珠が夢見てきたものが待っている。下級官吏では届けることが敵わなかった多くの民の声を、国政の中枢に上奏できる機会を得られるのだ。

なのに、この報酬を受け取れば、本当に翔央との間にあった関係が終わるのだという思いのほうが強い。蓮珠は、異動の書面を見つめため息が出た。

それを聞きとがめたのは、いつの間にか背後に立っていた官吏だった。

「喜ばないのか？　その顔を見たくて、こんな変装までして直接文書を持ってきたのに」

本人は小声のつもりなんだろう。だが、よく通るその声は、蓮珠の心臓をギュッと掴んできた。この声の主がこの場所に居ることに、抑えようもなく胸が高鳴る。

恐る恐る振り返れば、どこから借りてきたのか、その長身に蓮珠と同じ下級官吏の官服を身にまとった翔央が立っている。

このあたりで働く官吏が皇帝の顔を間近に見ることはない。だから、皇帝と同じ顔の翔央がここにいたところで、騒ぎになるわけではないのだが……。

「……こんなところで、なにをしてるんですか？」

「陶蓮珠に辞令を持ってきた」

「……いや、そういう話ではないですよね」

上司と似たようなことを口にした蓮珠に、翔央は咳払い一つして事務的に言った。

「異動はすみやかにお願いしたい。荷物は私がお持ちしよう」

いつの間にか、彼は蓮珠の私物をまとめて入れている箱を手にしていた。

「に、荷物を持つなんて、何言ってるんですか？」

どんな格好をしていようと翔央は皇族である。その彼を荷物持ちに使うなど、不敬にもほどがあるわけで、蓮珠は焦って彼の手から私物箱をとった。

だが、これに周囲で見ていた同僚たちが騒ぎ出す。

「なんとあの遠慮しない陶蓮珠が遠慮しているぞ」

「おまけに妙に頬が赤いようだが……大丈夫か？」

指摘されて、頬を押さえようにも両手がふさがっており、思わず抱えた私物箱の中に顔を埋める。

「もう、ほっといてください！」

周囲が静まりかえる。

最後の最後になんて恥ずかしい状況に。蓮珠は、涙目で翔央を見上げた。すると彼は面白くなさそうな顔で薄絹を一枚、蓮珠の顔に落とした。

「ちょ、なにするんですか？」

「本当にお前ってやつは、なんて顔をするんだか……。誰が見せてやるもんか」

ボソボソと言われて良く聞き取れない。

「はあ？」

「いいから行くぞ」

翔央がぶっきらぼうに言って、蓮珠の手を引いて歩き出す。蓮珠は慌てて足を踏ん張って、逆に翔央の手を引いた。

「ちょ、ちょっと待ってください。礼儀は大切です！」

それだけで、翔央も悟ったらしい。自分が被せた薄絹を取ると、私物箱も「よこせ」と言って持ってくれた。

蓮珠は表情を引き締めて、同僚たちを見渡してから頭を下げた。

「大変お世話になりました」

どの部署で働いたときも、蓮珠はちゃんと挨拶をして去ると決めている。

ここにいるのは、それぞれに思うところはあるだろうが、皆同じようにこの国のために働く仲間だったのだから。

ポカーンとしている同僚たちに再度小さく頭を下げて、蓮珠はせっかちにも歩き出した翔央を追って、庁舎を出た。

「……で、翔央様、いったいなにごとですか？　急ぐのは辞令と関係ないですよね」

追いかけて問う蓮珠に、急に足を止めた翔央が肩を落とす。

「あのな、今度は威妃が叡明を連れて家出したんだ」

「………………………え？」

「なんでも忙しい執務の合間を縫って歴史書を読んでいた叡明の首根っこ捕まえて、『研究対象は目で見なさい』と言って馬に乗せて宮城を出て行ったらしいんだ」

「それは、なんと言いますか。た、大変お強いですね？」

「俺とお前の間で言葉選んでどうする。素直にとんでもない妃だって言っていいぞ。とはいえ、まあ、皇帝としての執務と学者としての研究で、かなり不健康な状態にあったから、息抜きに出るのもいいんじゃないかって思うことにした」

翔央は諦めた顔で言うと、今度は少し表情を引き締めた。

「だが、新婚早々家出というのは、威国に知られたくない。宮城を追い出されたと疑われては困る。それに、皇帝が玉座にいないなんてことは、相国内でだって知られるわけにいかない話だ。ということでな……」

語尾を濁した翔央が額に手をやる。悩んでいるようなしぐさだが、その実、目がちろちろと蓮珠の反応を窺っている。

なんのことはない。早い話が、またも皇帝と妃の身代わりが必要ということだ。

「やりますよ。やりがいのある仕事、好きですから。それに……貴方の嫁役は、わたしにしかできない仕事ですしね」

蓮珠は笑顔で応じると、自ら手を差し出した。その手を取り、翔央が皇城へと歩き出す。

本来、皇城に入ることが許されない位の官服を着ていることなど気にもせず、軽やかな足取りで。

そんな蓮珠の姿を目撃した官吏たちが「なんだよ、『可愛げある』じゃないか！」と悔しそうに騒ぎ立てたのを、彼女はまだ知らない。

双葉文庫

あ-60-01

後宮《こうきゅう》の花《はな》は偽《いつわ》りをまとう

2019年2月17日　第１刷発行
2021年6月28日　第10刷発行

【著者】
天城智尋《あまぎちひろ》
©Chihiro Amagi 2019
【発行者】
島野浩二
【発行所】
株式会社双葉社
〒162-8540 東京都新宿区東五軒町3番28号
［電話］03-5261-4818(営業)　03-5261-4851(編集)
www.futabasha.co.jp(双葉社の書籍・コミックが買えます)
【印刷所】
中央精版印刷株式会社
【製本所】
中央精版印刷株式会社

【フォーマット・デザイン】
日下潤一

落丁・乱丁の場合は送料双葉社負担でお取り替えいたします。「製作部」宛にお送りください。ただし、古書店で購入したものについてはお取り替えできません。［電話］03-5261-4822(製作部)

定価はカバーに表示してあります。本書のコピー、スキャン、デジタル化等の無断複製・転載は著作権法上での例外を除き禁じられています。本書を代行業者等の第三者に依頼してスキャンやデジタル化することは、たとえ個人や家庭内での利用でも著作権法違反です。

ISBN978-4-575-52191-7 C0193
Printed in Japan

FUTABA BUNKO

彗星乙女後宮伝
すいせいおとめこうきゅうでん
江本マシメサ
Mashimesa Emoto presents
ルヴィエ国第三王子メリクルに仕える騎士であり、男装の麗人でもある伯爵令嬢コーラル。外交使節団で訪れた華烈という国で王子が問題を起こし、処刑されそうになる。身を挺して王子を守ったコーラルが殺されそうになったところで、ある男が待ったをかける。彼女に科されたのは、死刑の代わりに後宮で働かされる刑罰「宮刑」。男はある思惑から、コーラルを後宮へと連れてきたのだった。ただ、華烈の者はコーラルが男であると勘違いをしており――。

発行・株式会社　双葉社